CONTOS E CRÔNICAS
PARA LER NA ESCOLA

NEI LOPES

© 2014 by Nei Lopes

Todos os direitos desta edição
reservados à Editora Objetiva Ltda.,
rua Cosme Velho, 103
Rio de Janeiro — RJ — CEP: 22241-090
Tel.: (21) 2199-7824
Fax: (21) 2199-7825
www.objetiva.com.br

Capa e projeto gráfico
Crama Design Estratégico

Imagem de capa
Bruno Veiga

Produção gráfica
Marcelo Xavier

Revisão
Eduardo Rosal
Lilia Zanetti
Bruno Fiuza

Editoração eletrônica
Abreu's System

CIP-BRASIL. CATALOGAÇÃO-NA-FONTE
SINDICATO NACIONAL DOS EDITORES DE LIVROS, RJ

L854c
    Lopes, Nei
        Contos e crônicas para ler na escola – Nei Lopes / Nei Lopes; organização Ninfa Parreiras. – 1. ed. – Rio de Janeiro: Objetiva, 2014.
        (Para ler na escola)

        173p.   ISBN 978-85-390-0593-2

        1. Conto brasileiro. I. Parreiras, Ninfa. II. Título. III. Série.

14-13020
                              CDD: 869.93
                              CDU: 821.134.3(81)-3

CONTOS E CRÔNICAS
PARA LER
NA ESCOLA

NEI LOPES

SELEÇÃO E APRESENTAÇÃO NINFA PARREIRAS

Sumário

Apresentação, 9

Noite fria de junho, 15

A volta do Velho, 19

Água de cuíca, 23

Johnson & não Johnson, 25

Cartagena, a ingrata, 29

Minha doce vovozinha, 33

Quanto dói uma saudade, 37

Gatonet e globalização, 41

O *remake* da tia Nastácia, 43

Espera difícil, 47

Elegância de Velha Guarda, 49

O ônibus do Garcia, 53

Reminiscências circenses, 57

A lenda da "cervejinha", 59

De carnavais e funerais, 63

Rio de Janeiro, 1954, 67

Aníbal, o negro do tzar, 71

A Chica do cinema e a verdadeira, 75

Os gaviões do mar e os do Loide, 79

Centro Recreativo Amantes da Arte, 83

Vevé da Vila, 87

Vevé vê a avenida, 91

Vevé e a vovozinha, 95

Já vi esse filme: chega!, 97

O bloco do casuísmo, 99

Última flor do Lácio, 103

Fazer o quê?, 107

Com o banjo, sem capa, 109

Tanto treze quanto vinte, 111

Ê, barca, me leva pra Paquetá!, 115

O requinte da requinta, 123

Sambalelê e Pai Francisco, 125

As escolas de samba vêm do tempo de dom João Charuto, 129

Álbum de figuras

Nelson Cavaquinho, João Gilberto e os cavacos do ofício, 135

Candeia e o sonho, 139

Falando de banda: mestre Anacleto, 143

Rebouças, Efó e Espinguela, 147

Rita Medero, mulher da pesada, 149

Um mestre afro-barroco, 153

Pretinho e a inclusão pelo samba, 157

Cartola e o "menino do Méier", 161

Monteiro Lopes, uma memória a resgatar, 165

Pelo telefone, pela internet..., 169

Datas e locais de publicação dos textos deste volume, 173

Apresentação

Compositor e intérprete de música, sambista, escritor, estudioso das culturas africanas, etimologista, Nei Lopes é artista plural, assim como sua produção é diversa, múltipla. Seus contos e crônicas, narrativas carregadas de vida, trazem a presença de personagens comuns ou famosos, fazem referência a fatos históricos e a lugares pitorescos de modo singular. O humor fino e a ironia são traços da sua escrita.

A narrativa flui em casos contados ao pé do ouvido, em histórias para serem compartilhadas na sala de aula ou numa roda de leitores jovens e adultos. Textos para leitores de diferentes idades.

Somos capturados pelo ritmo de sua escrita ao entrarmos em contato com a sonoridade e o movimento das palavras. Seu estilo é cheio de melodia e ritmo:

> *Os palhaços de agora podem ser saltimbancos, dando seus pulinhos para sobreviver; podem ser charlatões, como os altissonantes vendedores das feiras e dos teatros medievais; podem ser até deputados,*

eleitos por gente ingênua, para o Congresso nacional. Mas palhaços...
duvi-de-o-dó! Palhaço é coisa séria. ("Reminiscências circenses")

Sem falar da intensidade de imagens que brotam das palavras. Vemos as cores e as texturas, sentimos os cheiros e os sabores, escutamos os sentimentos de pessoas, lugares e coisas. Nei compõe sua prosa como compõe suas letras de música — com sabedoria e beleza estética:

E o pior é que ela, coitada, foi ficando vermelha, trêmula também,
até explodir num choro intenso e convulso, trágico e apaixonado,
mistura de revolta e frustração. ("Noite fria de junho")

Compartilhamos as emoções das personagens e do narrador. As personagens podem ser gente conhecida do autor, gente anônima para os leitores ou conhecida publicamente. Nei empresta um caráter de grandeza a cada uma. Ficamos emocionados. E aprendemos com os esclarecimentos do escritor inseridos nos relatos de forma espontânea:

De fato, o compadre, aposentado do Loide que é, manja um bocado dessas
coisas do mar. Ele sabe, por exemplo, a diferença entre pirata (o ladrão
do mar, como Barba-Roxa), corsário (comandante autorizado pelo rei a
dar caça aos navios mercantes das nações inimigas, como Duguay-Trouin),
flibusteiro (pirata das Américas, no século XVII) e bucaneiro (aventureiro
de terra firme, ocasionalmente pirata). Só não conta que aprendeu isso
tudo no Dicionário de sinônimos *do grande afro-brasileiro Antenor*
Nascentes. ("Os gaviões do mar e os do Loide")

Por um lado, temos uma linguagem coloquial e íntima, por outro lado, sofisticada e erudita. Nei transita entre essas linguagens com naturalidade. Ele nos aproxima de grandes acontecimentos históricos da humanidade, em especial da arte, sem pedagogias nem ensinamentos. Os nomes dos lugares, a origem das coisas. O escritor cuida desses detalhes, muitas vezes desconhecidos para o leitor. A informação brota de sua narrativa e captura quem o lê:

> *O morro, localizado entre a pujança comercial de Madureira e a importância histórica da antiga freguesia de Irajá, integra aquele interessante complexo cultural erigido na cidade do Rio de Janeiro pelos negros vindos do Vale do Paraíba logo após a Abolição. Complexo esse que gerou a umbanda, o jongo, o samba e tantas coisas que os que moram do outro lado da "cidade partida" nem suspeitam existir.* ("Um mestre afro-barroco")

Ao ler suas histórias, passamos a conhecer mais sobre o Rio de Janeiro, o Brasil. Isso porque Nei traz fontes históricas, artísticas, antropológicas, geográficas, étnicas e sociológicas para suas narrativas. Não é uma escrita forçada, isso está no cerne da sua criação. Assim, apreciamos os tantos casos que têm o negro como protagonista. O negro tem vida e voz. Fala de um lugar: nem idealizado nem subestimado. É o lugar que ocupa nas letras e na vida.

A Lei nº 11.645, de 10 de março de 2008, veio alterar a Lei nº 9.394, de 20 de dezembro de 1996 (modificada anteriormente pela Lei nº 10.639, de 9 de janeiro de 2003). Essa lei estabelece as diretrizes e bases da educação nacional para ser obrigatoriamente trabalhada no currículo oficial da rede de ensino a temática da história e cultura afro-brasileira e indígena. As bibliotecas e salas de leitura das escolas têm recebido obras com abordagem afro-brasileira, ou seja, de autores brasileiros e africanos. Narrativas passadas na África ou aqui no Brasil, com personagens negras ou descendentes de negros. Recontos, versos e prosas que privilegiam a herança africana que nos constitui.

Algumas dessas obras publicadas nasceram para atender a essa exigência da lei. Muitas vezes são relatos inverídicos, nada verossímeis. E repletos de equívocos. Há estereótipos e lugares-comuns para caracterizar o que herdamos da África: jeito de ser, de andar, de dançar, palavras, arte e cultura.

Não é o que acontece com a obra de Nei Lopes. Suas narrativas são dotadas de alma. Isso significa dizer que os textos são feitos de palavras, mas também de espiritualidade, de carisma, com tempero literário.

O que caracteriza uma obra literária — a polissemia, a intertextualidade, a verossimilhança — está em suas criações. Além desses aspectos, há o "falar" em ritmos musicais com acentuado uso de metáforas e outras figuras de linguagem. Isso é literatura! Sem necessidade de adjetivações. É o que faz com que a obra desse escritor carioca seja universal e atemporal.

Aliás, outra característica do seu trabalho é o foco no uso de substantivos e de verbos. Poucos adjetivos e advérbios, poucas conjunções e preposições. Não é uma obra enfeitada, mas sim polida, com palavras bem escolhidas e lapidadas. Sem excessos, os diálogos são vivos e nos transportam para as cenas. O deslocamento do leitor passeia por conversas de quintal, de bares, de rua. Ocupa os diversos espaços por onde anda o samba.

Se, por um lado, o autor aponta problemas brasileiros, como a ignorância, a pobreza, o descaso pelo subúrbio; por outro lado, nos faz sentir orgulho da nossa brasilidade ao destacar nossas qualidades: o jogo de cintura e a criatividade. Sua produção literária é notadamente brasileira, conservadas as características universais da literatura.

Divididos em dois blocos, os textos aqui selecionados são contos ou crônicas. O cotidiano está presente nas histórias. Há personagens tão verdadeiros que também podem ter sido (bem) inventados. Aqui, a ficção e a realidade caminham de mãos dadas. E podemos de fato dizer que uma história bem contada é pura verdade! Ou pura invenção! Da boa. Nei é escritor e nos captura com suas invenções. Com suas memórias...

No primeiro bloco de textos, de "Noite fria de junho" até "As escolas de samba vêm do tempo de dom João Charuto", que compreende 33 relatos, temos criações que nos fazem passear pelo samba e outros gêneros musicais. Nei se debruça sobre a etimologia das palavras, a história da cidade do Rio de Janeiro, as relações de pessoas suburbanas, as festas culturais e familiares, o que há de mais genuíno na cultura carioca: a música, a comida, a afetividade, a ocupação dos espaços públicos e privados. E sobre a idiossincrasia do povo brasileiro: a amizade, a alegria festiva, a miséria, a improvisação, o abandono...

No segundo bloco de textos, intitulado Álbum de Figuras, de "Nelson Cavaquinho, João Gilberto e os cavacos do ofício" a "Pelo telefone, pela internet", temos dez pérolas escritas sobre os grandes da arte do samba, do desenho, do futebol, da engenharia: Nelson Cavaquinho, João Gilberto, Dica, Tonga, Candeia, mestre Anacleto de Medeiros, André Rebouças, Rita Medero, Aniceto do Império, Pretinho da Serrinha, Cartola, Monteiro Lopes, Donga. O autor não deixa por menos e nos presenteia com relatos de cunho histórico, memorialístico e cultural.

E o mais bacana de seus textos é o modo afetivo com que inclui seu compadre Pavão, Vevé da Vila e outros tipos humanos. Olha quanta gente aparece neste trecho de "A volta do Velho":

> *O Arnaudo, o senhor sabe como é, né?! A gente chega lá, ele vai logo pegando banjo, repique, pandeiro, tam-tam e aí o pagode tá formado. E hoje foi demais: estavam lá o McCov, o Bonsucesso, o Tupanzinho e o Neuci; o prato do dia era rabada, doutor. Aí, a gente foi ficando, foi ficando; um pagode daqui, pagode dali; chega um, chega outro... e aí o senhor já viu, né?!*

Nei não poupa o leitor de críticas ao nosso país, como em "Rebouças, Efó e Espinguela":

> — *Certamente antevendo o descaso com sua memória, neste país* techno pop, *reino do* press release, *onde se confunde efó com doce e pai de santo com saxofonista!* — *arrebentou o compadre Pavão.*

Com palavras precisas (e preciosas), ele fala da nossa história, das origens do povo brasileiro, da formação cultural que nos caracteriza. Aborda a tradição, como a velha guarda das escolas de samba cariocas, mas também aponta o impacto da internet nos meios de comunicação, os neologismos, o americanismo, os vícios de linguagem. Isso nos chega em histórias curtas, como se contadas ao vivo. Em uma linguagem por vezes íntima, por vezes erudita. Musical. Ler Nei Lopes é a oportunidade para o leitor ir além das palavras, dos ditos, das linhas. Um entrar nas entrelinhas, nos subterrâneos da língua e da nossa existência!

Ninfa Parreiras

Noite fria de junho

Jacarepaguá é uma vastíssima localidade da Zona Oeste carioca, parte da antiga zona rural. Eu nunca morei lá, mas sempre gostei muito do lugar por seu bucolismo, sua natureza, suas chácaras remanescentes de antigas fazendas. E fui a muitas festas, principalmente festas "caipiras" — como se dizia —, naquelas noites frias, tão frias de junho.

Noite fria de junho, o balão vai subindo e a quadrilha come solta. O francês foi pro espaço: o *en avant* virou anavá; o *en arrière,* anarriê e o *chaine des dames* virou chá de dama... Mas, tudo bem! Coroné Agostinho Silva na sanfona é meia festa garantida.

Só que as quadrilhas de hoje vão até agosto e tudo é bem diferente daquele tempo. As meninas vestem roupas tipo destaque de escola de samba e os rapazes usam botas, bombachas, avental de gaúcho e chapelões de caubói — tudo com muito vidrilho e lantejoula. Mas é bonito ver a encenação da Frevo Mulher, na Vila Aliança; ou das Blecotinhas, nos arraiais daqui da vizinhança e de Bangu, Realengo, Irajá, Ilha... Afinal, tudo muda, não é mesmo? E já tem até um arraiá "gaypira" em Padre Miguel.

Noite fria, tão fria de junho, vem caindo a garoa e o Adilson vai vivendo o mais eterno amor de sua vida.

Tudo começou no ensaio da quadrilha. Compadre Varisto foi formando os pares e sua dama foi a Lurdinha, graças a Deus!

No primeiro anavá, o coraçãozinho dele deu um solavanco. E no anarriê, já estava completa e irremediavelmente flechado por aquele anjinho de cabelos anelados.

— Que casalzinho bonitinho!

— Como eles combinam!

— Parecem até irmãos, que gracinha!

E tome-lhe anavá, anarriê, balancê, tu, chá de dama, coroa de flores... E tome-lhe de balão-beijo, pamonha, pé de moleque... O coraçãozinho dele ardendo na fogueira e farfalhando as bandeirinhas.

Mas mesmo acabado o São João, o fogo não baixava nem apagava. E ficava cada vez mais alto, difícil de assar batata-doce. Foi aí que deu aquela baita vontade de escrever: "Sonhei que me esperavas e sonhando,/ Fui ansioso por te ver. Corria..."

— Tá doente, rapaz? Verso é coisa de mariquinha!

Tava doente, sim. Mas era uma doença gostosa, uma sensação até boa. E duvido que exista mulher que resista a um verso. E ela gosta de você também? Tá na cara! Não vê como ela te olha?!

Ela também tinha sido flechada. Mas aquele papel perfumado, com aquela letra bonita...

— Lurdinha, você leu o verso?

— Não li e não gostei!

— ?!

— Rasguei e piquei o papel em um montão de pedacinhos.

— Mas... Lurdinha... toda menina gosta de versos...

16

— Mas eu não gosto!

Pálido, trêmulo, Adilson agora queria tudo, menos ficar ali. Mas as pernas não entendiam nada e ele muito menos. E o pior é que ela, coitada, foi ficando vermelha, trêmula também, até explodir num choro intenso e convulso, trágico e apaixonado, mistura de revolta e frustração.

Lurdinha gostava muito do Adilson. E gostava de verso, sim. Só que Lurdinha, coitada, não sabia ler.

A volta do Velho

Aí eu resolvi levar o Velho pra dar uma volta.

Com muito cuidado, é claro, que o coroa é maneiro, é gente boa e não podia perder ponto. Com muita prudência, que estava chuviscando e o chão podia derrapar. E com muita perícia, porque eu sempre fui bom piloto, sempre tive o prontuário limpo e não era agora que ia pisar na bola. Então, nós fomos.

Primeiro, fomos descendo o *boulevard*. E engraçado que todo mundo vinha ver, falar, cumprimentar, dar um alô pra gente... Se bem que cada um de um jeito, né?!

Numa esquina, por exemplo, de uma janela jogaram confetes, serpentinas, purpurinas, paetês nacarados, canutilhos, strasses... ai, pedaços de antigos carnavais.

De outra, choveram milhares, dezenas, centenas de inversões, rateios, pules, baralhos, dados, cobras, bacarás, renúncias, jacarés, borboletas, placês, tirolesas, mossorós...* restos de ilusões perdidas.

---

* Elementos referentes a jogos de aposta.

De outra ainda, rolaram últimos desejos, vários "x" de problemas, feitiços... mas feitiços sem farofa, sem vela e sem vintém.

A esquina do Abaeté foi a primeira parada, providencial. É que estava rolando lá uma tremenda boca-livre, bancada, aliás, pelos nove homens de ouro dos ônibus cariocas: Acácio, Abílio, Adolfo, Albano, Alcides, Álvaro, Arlindo, Armando e Arthur. E a boca-livre era para escolher, entre os que comessem mais, sambassem bem e bebessem melhor ainda, o Rei Momo oficial do Carnaval deste ano.

Ah! Numa dessas a gente não podia deixar de dar uma bicada. E aí o Velho tomou o primeiro chope de sua vida até então amarga, chocha, morna e sem pressão. E em seguida virou uma tulipa, uma caldereta, um chinite, um garoto e uma bolinha. Então, forrados, fomos à luta.

No hospital, falamos com a Ivone e demos uma checadinha na pressão arterial, que estava joia, de garoto — oito por doze — e, prevenidos, partimos pro Maraca, pro colosso de cimento armado, pro maior estádio do mundo, que o Velho nem conhecia pela televisão.

Mal a gente chegou na geral, saiu um pau que eu vou te contar. Pega daqui, pega dali, quase que o Velho leva uma sarrafada com um mastro de bandeira. Mas eu sou um malandro esperto, sou batuqueiro da antiga e aí, sabe como é que é, né?! Fiquei pequenininho, dei banda nuns três ou quatro, protegi o Velho pra ele não se machucar e rapamos fora, com os dragões rubro-negros todinhos na nossa cola, mas não deu pra eles, não!

Aí, resolvi levar o Velho até a Quinta da Boa Vista — que ele não conhecia nem de ouvir falar! E lá, andamos de pedalinho, tomamos meia dúzia de brahmas com batata frita no Ari, fizemos bilu-bilu na bimbinha do índio do Museu, demos banana pra macaca Sofia no jardim zoológico... e recebemos — ingratidão! — de volta, duas mãozadas de cocô, a segunda das quais pegou em cheio na cara do Velho, coitado! Mas tudo bem. E a gente rumou para a Mangueira.

No Para Quem Pode, fomos brilhantemente saudados com um partido feito na hora, quentinho, ali, pelo Padeirinho e competentemente versado por Tantinho e Jorge Zagaia. E o Velho foi apresentado a outro velho — o Barreiro —, mas só salvamos o santo e coisa e tal e fomos pro Boanerges.

Ainda saía fumaça da sopa de ervilha quando dona Maria Piloto, com aqueles seus óculos enormes, trouxe os dois pratos fundos. E os dois pedaços de costela boiando em cada um davam um incrível toque verde e rosa àquele rango mangueirense.

Quem nunca tomou sopa de ervilha, quando come se lambuza. E o Velho — tadinho! — acostumado só a canjinha de galinha com folha de hortelã, a maçãzinha, a caldo Knorr, deitou os cabelos e se lambuzou todo, mesmo, de verdade.

Dali, a gente ainda deu uma passada na casa do Chico Porrão, tomou mais uma calcinha de náilon (que é um leite de onça colorido, com groselha), arrematou com uma Antarctica geladinha que o Carlos Cachaça fez questão de abrir no Barbé, ouviu uma valsa nova que o seu Aluísio do Violão tinha feito e se mandou pra Benfica, pro Adônis.

O Arnaudo, o senhor sabe como é, né?! A gente chega lá, ele vai logo pegando banjo, repique, pandeiro, tam-tam e aí o pagode tá formado. E hoje foi demais: estavam lá o McCov, o Bonsucesso, o Tupanzinho e o Neuci; o prato do dia era rabada, doutor. Aí, a gente foi ficando, foi ficando; um pagode daqui, pagode dali; chega um, chega outro... e aí o senhor já viu, né?!

Agora: o que eu não posso aceitar é essa acusação de sequestro, doutor! Eu sei que o Velho já tem mais de 90 anos... Tá certo que eu não tenho nada com isso se a família dele só está esperando ele fechar os olhos pra cair em cima da herança feito uns urubus. Mas é que eu sempre achei uma tremenda sacanagem ele ficar ali na varanda só olhando — coitado! — a nossa curtição no boteco do Tuninho, querendo participar e ninguém levando. Pô, já pensou?! Há mais de sessenta anos que ele não ia nem na esquina!

Tá certo que ele é surdo-mudo, que ele é paralítico! Mas qual é o problema de eu pegar a cadeira e sair com ele pra dar uma volta?

Sequestro? Essa, não, doutor! Pergunta pra ele só se ele queria voltar pra casa? Esse Velho também não é flor que se cheire, não, seu delegado!

Água de cuíca

Nelsinho Leiser é um tremendo cuiqueiro. E no ano passado recebeu um convite para ir à Alemanha com a bateria de sua escola.

— Alemanha... gringo... legal! Vou descolar uns dólares nessa viagem! — pensou longe o Nelsinho.

E aí embarcou pra terra de Schumacher levando umas quinze cuícas sobressalentes. "É estepe", mandou na alfândega, na maior cara de pau. O federal achou engraçado e refrescou.

Em Frankfurt, depois de muito chope preto com linguiça branca, Nelsinho botou pra quebrar: solou o hino do Flamengo, deu gargalhada, tocou o *Brasileirinho*, tudo isso numa das cuícas que levou para vender.

Os gringos ficaram malucos e acharam que era mole. Aí Nelsinho vendeu uma, duas, três... as quinze. A preço de salsicha: dois euros cada uma.

Só que os quinze gringos esfregavam, esfregavam e não saía nada. Então, começaram a se encrespar, achando que tinham sido vítimas de um logro.

Foi aí que o Nelsinho Leiser deu o golpe de misericórdia:

— Calma, calma! É que tem que molhar o pano.

— Com água comum? — perguntou um dos gringos, através de um intérprete brasileiro.

— Não, não! Tem que ser água de cuíca. É um preparo especial que faz elas até falarem. Eu tenho aqui...

Vendeu quinze vidrinhos no ato. A quinhentos euros cada um.

Johnson & não Johnson

Dia nascendo, galos cantando, Bruno levantou, lavou o rosto no tanque do quintal, escovou os dentes, vestiu o *training* surrado e a camiseta do Vasco, calçou meias e tênis, tomou rápido o café puro, comeu um pedaço de pão com margarina, botou o boné na cabeça e partiu para o aeroporto internacional.

A distância de Caxias à Ilha do Governador não é muita. Mas é sempre bom sair cedo porque o ônibus é escasso, não tem hora certa e, até lá, ainda tem uma baldeação: Caxias-Bonsucesso/Bonsucesso-Ilha. Mas Bruno, sobraçando um pôster do ídolo e um presente todo especial para ele, chegou cedo.

O ídolo era Michael Johnson, atleta americano nascido no Texas em 1967, recordista mundial dos 400 metros em 1996, em Atlanta, onde, correndo de sapatilhas douradas, se tornou o primeiro homem a vencer os 200 e os 400 metros numa mesma Olimpíada. Contratado da Nike, uma das maiores empresas transnacionais do ramo de material esportivo, Johnson vinha ao Rio de Janeiro participar do Grande Prêmio Brasil de Atletismo.

A premiação, na qual foram gastos cerca de 800 mil dólares — a maior parte com os cachês milionários dos superastros convidados, entre os quais Johnson era um dos mais destacados —, foi um evento que ofereceu, também, altos prêmios aos atletas vitoriosos.

Já o tiete Bruno dos Santos Reis, 17 anos, corre da fome para sair do gueto — como algumas centenas de molequinhos de pernas finas que a gente vê por aí, da Etiópia à Mangueira, do Quênia à Baixada Fluminense. Decatleta do Vasco da Gama, campeão e recordista brasileiro e segundo lugar no sul-americano de hexatlo, ele quer seguir a especialidade de seu ídolo (200 e 400 metros), de quem copia até o corte de cabelo e, quem sabe, um dia — se não der para se igualar a ele — ser pelo menos (e já é muito) um Ademar Ferreira da Silva, um José Teles da Conceição, um João do Pulo, um Robson Caetano, um Zequinha Barbosa, um Joaquim Cruz.

Mas ocorre que, como dizia Vinicius de Moraes pela voz do Corifeu, no *Orfeu da Conceição*, "são demais os perigos desta vida/ para quem tem paixão", principalmente por um desses ídolos ou divas do impiedoso *show business* em que a mídia e o marketing transformaram o esporte (espetacular).

Foi aí que aconteceu e a tevê mostrou: Bruno, todo animado e sorridente, envergando a camiseta do Vasco, aproxima-se de Johnson, esperando o abraço e o autógrafo no pôster e oferecendo a sua lembrancinha, como se dissesse: "Vê? Eu sou você amanhã!"

A Fera vem caminhando na direção de Bruno, mas olhando lá adiante, no horizonte, no infinito, na fita de chegada. Passa por um, passa por dois, afasta Bruno do seu caminho com as duas mãos vigorosas e entra impassível, distante, sozinho, no elevador. As portas se fecham. E Bruno começa a soluçar, o sonho desfeito em lágrimas de humilhação e dor, como se o cassetete de um PM malvado tivesse batido na sola de seus pés.

Num rádio de pilha, Zeca Pagodinho canta: "Isso aqui tá um jogo de caipira/ quem tem bota banca, parceiro/ quem não tem se vira..." E meu compadre Pavão arremata: "Viu? Globalização é isso aí, meu velho!"

Cartagena, a ingrata

*Doméstica leva carro em sorteio de supermercado,
mas patrões dizem ser os verdadeiros donos e brigam na Justiça.*
(*O Dia*, 17 de setembro de 1999)

A Cartagena, aqui em casa, era como uma pessoa da família. Inclusive, nós só a tratávamos por Gena, que é bem mais emergente que esse seu nome suburbano e até lembra o de uma estrela de Hollywood.

Aqui em casa ela sempre teve todo o conforto: dois uniformes, tênis Bamba, meia soquete, avental, televisão no quarto (preto e branco, mas tinha), radinho de pilha, máquina de lavar, aspirador, ferro elétrico, fogão de seis bocas e micro-ondas. Só não sentava à mesa conosco porque eu não acho certo: cada um deve ter seu espaço e reconhecer seus limites.

O fato de Gena ser escurinha nunca foi problema para nós. Ela sabia usar direitinho o elevador e o banheiro de serviço, não gostava de funk nem de pagode, não saía em escola de samba, não bebia nem fumava, não andava em más companhias, era evangélica... e, verdade seja dita, era muito asseada.

Inclusive essa coisa de discriminar gente escura eu acho uma tremenda bobagem. Minha bisavó, mesmo, também tinha lá um pezinho na cozinha. E a avó dela — ela contava — era daquelas caboclas fechadas e tinha sido pega a laço pelo meu tataravô, herói bandeirante, daqueles fundadores de São Paulo. Isso, há mais de quatrocentos anos.

Mas, como eu ia dizendo, o vício da Gena era só loto, supersena, sorteios, essas coisas. E foi aí que surgiu o problema.

Há uns cinco anos ela chegou aqui no condomínio, vinda de Minas, mandada pela agência. Tinha vinte e poucos anos e nos pareceu uma pessoa de bem. Mas como seguro morreu de velho, fomos testando ela aos pouquinhos. Um dia, eu deixava, assim como quem não quer nada, um dinheiro em cima da mesa. No outro, eu deixava um anel, um cordão. E ela, verdade seja dita, não mexia em nada.

Até que Gena conquistou nossa total confiança. Então, demos a ela, primeiro, a responsabilidade das compras de casa. Depois, mandamos fazer para ela um cartão de crédito adicional no Au Bon Miché.

Pelo menos uma vez por semana ela ia a esse hipermercado. E comprava coisas para ela, também. Mas não gastava muito porque eu não sou nenhuma Irmã Dulce e abatia tudo do salário dela.

Cada vez que ia ao hiper, Gena entrava num concurso. E tinha até sorte. Tanto que um dia ganhou um vale compras de 120 reais — e eu disse que podia ficar pra ela. E, depois, foi sorteada com um almoço no Bad Beef.

Essa do almoço foi hilária! Eu disse a ela: "Vai, Gena, vai lá! A comida do Bad Beef é muito boa!" E ela: "Eu, hein, dona Vera! Tá doida, sô? Eu num gosto dessas comida, não! Eu faço aqui purquê a sinhora manda. Mas pra mim, si num tivé feijão e angu num tem graça, não. Cumida pra mim tem qui tê sustança!"

Mês passado tinha lá um sorteio de uma Mercedes. Quando ela falou — a gente não entende direito o que ela diz — eu achei que a Mercedes era uma colega dela. E deixei pra lá. Até que noutro dia ela chegou aqui que nem uma doida, chorando, gritando, pulando, querendo abraçar todo mundo...

Disgramada! Ingrata! Ganhou uma Mercedes-Benz no sorteio do Au Bon Miché. Com o nosso dinheiro!

Agora, o senhor vê: tem cabimento uma favelada dessas de Mercedes e a gente aqui só com esse Vectra, esse Logus e essa Nissan-Frontier?! E ela não sabe nem dirigir, doutor! Por isso eu vim aqui reivindicar meus direitos.

— E fez muito bem, madame. Como dizia Nina Rodrigues, "a raça negra no Brasil, por maiores que tenham sido os seus incontestes serviços à nossa civilização; por mais justificadas que sejam as simpatias de que a cercou o revoltante abuso da escravidão; por maiores que se revelem os generosos exageros dos seus turiferários, há de constituir sempre um dos fatores da nossa inferioridade como povo". E, no seu caso específico, recorro a uma constatação dos exploradores portugueses Capelo e Ivens: "A ingratidão e a perfídia, essas torpes faculdades tão comuns nas inteligências rudimentares, formam o traço característico do negro."

— E então, doutor?

— Manda essa "africana" pentear macacos, madame! E a Justiça, deixa comigo!

Minha doce vovozinha

Era só eu passar em frente ao portão da casa que a velhinha me advertia:

— Cuidado com essa pasta! Essa Vila Isabel hoje em dia só tem safado, meu filho!

E tome de recordações sobre o tempo em que se amarrava cachorro com linguiça e ele não comia; em que se podia dormir com a janela aberta; em que havia mais respeito.

— Hoje em dia, meu filho, nem dentro da igreja você está seguro. Noutro dia mesmo, imagine, uma comadre minha foi estarrada ("perdeu, perdeu!") por um safado na hora em que a beata passava a sacolinha...

Claro que a gente, hoje, tem que andar com um olho no padre e outro na missa. Os cadeados têm que ser passados, as portarias dos edifícios têm que ter lá seus interfones. Mas essa paranoia com relação à violência, que mete grade em tudo, que faz, às vezes, de bairros inteiros verdadeiros condomínios fechados de acesso superexclusivo, é meio picareta e um pouco exagerada. E a velhinha, por mais simpática que fosse, já estava extrapolando.

— Olha esse chaveiro, meu filho! Não anda com isso assim, mostrando, não! O ladrão fotografa, faz uma cópia e aí, ó, babau!

Essa ela mandou na semana passada, quando eu saía, todo serelepe, pra dar minha caminhada em volta do Maraca, com as chaves de casa penduradas no pescoço por um cordão bacaninha, nas cores da nossa escola.

Engraçado é que eu nunca tinha visto a velhinha senão ali, no portão de casa, sentadinha na sua cadeira de vime, tomando a fresca. Sempre bonitinha, banho tomado, talquinho no pescoço, com aqueles vestidinhos caseiros, sem manga e sem gola — que minha coroa usava —, uma redezinha prendendo os cabelos branquinhos, branquinhos. E sempre me advertindo:

— Cuidado com essa carteira, meu filho! Você é sujeito-homem! Não dá mole pros vagabundos, não! Eles estão metendo todo mundo...

Pois é... A única coisa que não condizia com a imagem de vovozinha eram algumas palavras com que a coroinha recheava seus conselhos. "Safado", "vagabundo", "estarrar", "meter", "dar mole", "sujeito-homem" são vocábulos e expressões que, em geral, frequentam outras "bocas" e não as bocas sem aspas das vovozinhas da gente. Mas, enfim — pensei eu —, como a televisão se incumbe de difundir principalmente o que não presta, a velhinha, coitada, do alto de seus oitenta e tal, vai ver está achando que é assim que atualmente se fala no Sacré Coeur, no Sion, no Instituto de Educação e na Socila...

Mas anteontem ficou tudo claro. Terrivelmente claro, caros leitores. E eu conto como foi.

Vinha eu no 433, da Cidade pra Vila, quando ali pela altura da Praça Onze a velhinha, com uma outra velhinha ainda mais velha do que ela, entrou no ônibus. Entrou assustada, segurando firme a bolsa pendurada no ombro.

Pagaram a passagem, ela e a colega; passaram pela roleta, visivelmente nervosas, assustadas, repetindo todos aqueles cacoetes de quem não está acostumado a andar de ônibus e está sempre pensando no pior.

A colega ficou de pé, perto do trocador. E, aí, a minha doce vovozinha andou até o fundo, vacilante e trêmula, meteu a mão na bolsa, voltou-se de repente, e com um tremendo fuzil AK-47, daqueles da Guerra do Golfo, avisou:

— É um assalto! Mas se vocês colaborarem, ninguém vai se machucar!

Quanto dói uma saudade

Um dos maiores violonistas anônimos do subúrbio carioca foi o Athaúde — com "th", como exigia. Mas o que tinha de virtuose, de craque, tinha de baixo-astral.

Papo bom pra ele era doença, epidemia, catástrofe. E a introdução preferida de seus papos era a célebre frase: "Sabe quem morreu?"

Essa opção preferencial pelo fúnebre Athaúde levava consigo em seus endereços à medida que o tempo ia passando e seus já parcos recursos iam escasseando ainda mais. Tanto que da rua Real Grandeza, onde nasceu, foi morar no Catumbi, depois no Caju, depois em Inhaúma, depois na Cacuia, depois no Irajá (na Freguesia, que no Pau-Ferro todo mundo é vivo), depois em Ricardo de Albuquerque... até seu repouso eterno no Murundu, em Realengo.

Mas o caso é que, debaixo daquela sua mortalha roxa e amarela, Athaúde também usava uma máscara deste tamanho. E isso porque sabia que era quase um Zé Menezes* — tocava todos os instrumentos de corda, "menos harpa e relógio", passando pelo tenor, que a gente chamava de "viola americana", e pelo banjo, que seu Acácio da Venda achava que era um "pandeiro de rabo". E aí, sabendo que abafava, ficava dando uma de virtuoso pobre-coitado:

— Eu não toco nada! Você precisava ver meu finado irmão...

Esse irmão falecido, que a gente nunca soube ao certo se era uma saudade ou uma desculpa, não saía da nossa roda — é óbvio — de choro: *Lamento, Tristezas do Sólon, Saxofone por que choras?, Bonifrates de muletas, Chorando baixinho, Quanto dói uma saudade, Tristeza de um violão* eram as preferidas do Athaúde, naquele seu interminável in memoriam.

— Droga! Toca *Brasileirinho*, ô Ataíde! — esbravejou o Fornalha, já cheio de timbuca, de birita, naquela extemporânea e blasfema roda formada, de improviso, na Sexta-feira da Paixão.

— "Ataíde", não! A-tha-ú-de! Com "th". E *Brasileirinho* é choro de cavaco — fez doce o lúgubre instrumentista mascarado.

— Então pega o cavaco, ô mão de vaca! Tu brinca nas onze, que eu sei! Deixa de modéstia, ô Segovia!** — botou pilha o Jorge Bagunça, debochado como ele só.

Mas o baixo-astral foi irredutível:

— Quando eu perdi meu irmão, jurei nunca mais pegar no cavaquinho.

Acontece que um dia — sei lá o que houve, se ganhou no bicho, se bebeu, se fumou — o Athaúde chegou ao boteco do Zé Calcinha

---

* José Menezes de França é um multi-instrumentista e compositor brasileiro. Nasceu em 1921, em Jardim, no Ceará.

** O violonista clássico espanhol Andrés Segovia (1893-1987) foi um dos mais importantes instrumentistas do século XX.

completamente diferente. Ria, falava com todo mundo, chegou até a passar a mão na bunda da dona Alzira que, como sempre, não entendeu nada. E, pra acabar com o baile, tomou o cavaco da mão do Vavá, riscou o tom e solou um *Brasileirinho* com uma rapidez, uma destreza e uma alegria nunca vistas de São Cristóvão a Padre Miguel.

Foi nessa que o sacana do Jorge Bagunça chegou, não acreditou no que viu, pediu uma Faixa Azul, encheu um copo, tomou um gole, limpou a espuma do bigode (naquele tempo cerveja tinha espuma), foi-se chegando devagarinho pra roda e, no último acorde, no fecha, naquela do tchan-tchan berrou na alça da orelha do Athaúde:

— Irmão desnaturado!!

Gatonet e globalização

Chego ao Convenção de Genebra, aqui do lado, a fim de aliviar um pouco a tensão do dia. Arrumo quatro tijolos da obra (que não fica pronta nunca), empilho, ajeito, me acomodo e peço o de sempre: uma Belco "mais ou menos" e uma porção de torresmos no papel pardo.

Tão distante estou que só na segunda mastigada é que me ligo no papo entre os dois conhecidos de vista, as frases intercaladas com pontuais lapadas de 51, a "boa ideia":

— Você viu o filme no "eitchi-bi-ou"?

— Não! Eu tava vendo um documentário no "pípou-enarts".

— Ah! Esse canal é muito mala, maluco! Documentário bom é no "ânimal plenet".

— Pô! Tu gosta de filme pra dormir, é? Então, bota no "sôni-intertêinment-televijion".

— Esse é de série. E série boa pra mim é as do "fox-laife".

— E tu vai de "pei-per-viu"?

— Só quando recebo. Aí eu vou até de "xop-táime", "xop-tur", "poli-xop"...

— Hoje eu acho que vou curtir um "max-praime".

— Bom hoje vai sê é na "ême-tivi". Tem cada clipe maneiro, maluco!

— E as crianças? Como é que fica o "discovri-kids" delas?

— "Discovri-kids"? É ruim, hein!?...

Ah! Agora, entendi! Eles estão falando em gatonetês, a língua nova da periferia.

É isso! Beleza! É a tevê a cabo ajudando as benfazejas corporações transnacionais a, através do espaço público da comunicação, acabarem de moldar os corações e as mentes da massa de excluídos das grandes cidades brasileiras!

Beleza! Simbora! Mete bronca! A trilha sonora é o batidão, no "sub-wufer" do carro parado aqui, dando porrada no pé do meu ouvido. Bacana!

O *remake* da tia Nastácia

Pagode bom era na casa da minha tia Nastácia. Anastácia dos Santos Sacramento, na carteira de identidade.

Farra lá era coisa assim de todo fim de semana: na sexta-feira, uns e outros chegavam trazendo uma galinha, um quilo de carne-seca, meia dúzia de brahmas... E estava armado o pagode.

Os instrumentos, já estavam lá. Cavaco, viola, pandeiro, prato e faca, caixa de fósforos, garrafa vazia, lata velha. Tudo ao alcance da mão. Então, o samba comia solto até sábado e até o outro dia.

Domingo de noitinha, a rapaziada ia embora. Porque segunda, como todo mundo sabia, era "dia de branco", dia do patrão, dia de trabalho. E o "português" não brincava em serviço.

Mas essa regra um dia foi rompida. Um dia em que a rapaziada botou pra jambrar, pra quebrar, pra derreter... E perdeu a noção das coisas.

Alguém aí já ouviu falar num pagode que foi indo uma semana, um mês, seis meses, um, dois anos? Pois é...

* * *

Foi um batizado, parece, e a tia Nastácia resolveu fazer um feijão. No domingo.

A rapaziada foi chegando, e tal, tudo bem. Budé foi logo pra cozinha fazer o limão, que dali a pouco estava pronto; e cada um que chegava ia logo dando uma bicada e sentando debaixo da mangueira. Animado, Budé foi lá dentro, pegou cuíca, cavaco etc. e foi distribuindo pra rapaziada. E o samba comeu solto.

Comeu solto até demais. Porque chegou meia-noite e ninguém se lembrou de ir embora. Chegou seis horas da matina e malandro nem se ligou que era dia de branco. Chegou terça-feira e malandro nem aí.

E tia Nastácia dando a maior força nos "trabalhos": desfiada na segunda, mulato-velho na terça, ensopado de repolho na quarta... Até que a grana acabou.

Budé, então, comandou uma vaquinha: com o arrecadado foram na venda e compraram macarrão, batata, pão, no que gastaram uns vinte mil-réis. Os outros trinta compraram de cana: Rezende, Cardoso Gouveia, Graúna... só cachaça de litro, com rótulo mimeografado, que saía muito mais em conta.

Essas compras deram pra mais ou menos uma semana. Mas, depois, cada um que chegava, Budé, que era o administrador, ia logo multando. Um dava uma grana, outro ia lá fora buscar meia dúzia de brahmas; e era assim que a banda tocava. E o pagode comendo já fazia vinte, sessenta, cem, cento e vinte, trezentos dias e lá vai fumaça. Mas...

Chegou num certo ponto que a coisa já não tava mais legal, e Budé não estava aguentando segurar a pemba. Inclusive, os remanescentes, os que ficaram, não tinham mais grana nenhuma, nem crédito no botequim, nem na venda, e já tinham comido toda a horta e a criação da tia Nastácia.

Toda, não! Minto! Tinha o Arnóbio.

* * *

Arnóbio era um galo que já tinha 17 anos.

Dormia na cama com a tia Nastácia; tomava leite numa cuia de queijo Palmyra; cantava solfejando um samba-enredo da Portela, de autoria de Candeia e Valdir 59; e sentava quando falavam pra ele "si-dáun-plize".

E a rapaziada, naquela situação, já estava olhando o Arnóbio com bons olhos. Só tia Nastácia é que não percebia.

Mesmo porque ela, coitadinha, parece que tinha ficado 22. Não recebia mais santo, tinha virado crente, e não tomava mais conhecimento de nada.

Um dia, então, tia Nastácia foi pra igreja. E, quando voltou, viu a panela no fogo e o Budé botando lá uns temperos.

Vagabundo tinha quebrado o guarda-roupa pra fazer lenha, porque não tinha gás, nem querosene, nem carvão, nem nada.

Então, quando tia Nastácia viu o Budé mexendo a panela no fogo, com o Arnóbio dentro, a coroa teve um troço, incorporou uma entidade estranha, rodou a baiana e botou os malandros remanescentes para fora, a tapa, bofetão, pernada e rabo de arraia. E o fuzuê foi tão grande que a casa caiu, o bairro sumiu na poeira, o Rio de Janeiro desapareceu, o Brasil sumiu do mapa, a América do Sul sambou fora, o mundo acabou... E só ficou o Budé, esse mentiroso, pra contar a história.

E isto foi exatamente no 365º dia de pagode, quando fazia um ano daquele batizado em que tia Nastácia resolveu fazer um feijão. Num domingo.

Mas ontem resolvi ir lá saber da coroa. E ela estava inteirona: bustiê de lycra, shortinho, celular no bolso de trás, bobs na cabeça, a cara cheia de botox e aquele aparelhinho brilhando prateado nos dentes clareados a laser.

— Que *remake* é esse, minha tia? — exclamei espantado, ao que ela respondeu, na lata:

— Qualé, maluco? Não tô nem aí! Agora meu negócio é gatonet e gatovelox. Quer me seguir no twitter?

Não entendi nada. E ela tirou o maior sarro com a minha cara.

— Meu negócio agora é só "eitch-bi-ou", "max-praime"; "tele-cine-ékchion", "net-giu", só essas paradas. Tu já viu "sex-end-cíty"? E "américan-áidol"?

Tremenda lavagem cerebral! Aí resolvi dar uma dura na coroa. Mas me dei mal.

— *Bull-shit!* — ela gritou. — Tu tá por fora, "ô sambarilove"!

— Me respeite, tia Nastácia! — gritei, num último apelo à sanidade.

Foi aí que ela acabou comigo:

— Tia Nastácia *is over, little boy*! "Mai neime" agora é NATASHA! NATASHA, "iú nou"? NATASHA MAICOSUELLERSON, morô!?

Espera difícil

O velho Melodia era, de fato, um tremendo compositor. Poeta mesmo, da estirpe de um Zinco e de seu parceiro Jaguarão ("Aonde estão os olhos de azeviche que me olham tanto, que destruíram minh'alma?"), de um Walter Rosa ("Não me venha dizer o que aconteceu lá fora: sua ingratidão torturou por demais meu peito..."), de um Nescarzinho do Salgueiro ("Até a água do rio que a tua pele banhou também secou com a saudade que a tua ausência deixou...").

E o Jambalaia, pentacampeão de sambas-enredo junto com mais oito parceiros nos últimos cinco anos, andava doido pra ser parceiro dele:

— Seu Melodia! Grande seu Melodia! Eu sou seu fã, hein!?

— Fala tu que eu tô cansado, garoto!

— Pô, tio, me dá uma primeira parte de um samba, aí, pra eu inteirar!

Melodia era daqueles compositores adeptos do prazer solitário. Pra ele, bom mesmo era fazer sozinho, trilhando o braço do pinho como um desbravador, como um Oxossi na mata virgem. Ou como um Iraci

Serra no Salgueiro, um Aluísio Dias na Mangueira, um Lincoln na Portela. Porque compor e harmonizar ao violão eram com ele mesmo.

Mas um dia ele resolveu dar uma estia para o discípulo — que era, inclusive, metido a escrever "difícil", do alto de seu telecurso segundo grau mal assimilado. Então, fez uma primeira invocada, falando sobre a angústia da espera, sob o lampião da esquina, fumando um cigarro atrás do outro, olhando toda hora o relógio e vendo que a amada não chegava nunca. "Por que será que ela não vem?"

— Vai nessa, garoto! Olha aí! Na medida!

Jambalaia pegou o papel, as mãos frias e trêmulas, voltou correndo, se trancou dentro de casa e só saiu três dias depois. E, por sorte, encontrou o poeta no boteco, de viola em punho:

— Manda a primeira aí, seu Melodia! A segunda já está armadinha.

O mais-velho fez a introdução, com todas aquelas sétimas alteradas, mandou a primeira, repetiu e preparou pra segunda. Aí o Jambalaia, já com a letra inteiramente decorada, estufou o peito, fechou os olhos e caprichou, cheio de "ss" e "rr":

Inda me alembro
quando nós era criança
que já tinha esse ditado
"quem espera sempre alcança"
Mas esperar numa esquina tão cruel
INDUMENTARIAMENTE
abala o sistema nervoso do corpo da gente...

Melodia não teve outra saída senão pedir uma "daquela que incha" e virar o copo, de uma lambada só. "Pra neutralizar aquele soco no duodeno", me disse ele depois.

Elegância de Velha Guarda

Um dia, um sábio africano afirmou que cada velho que morre é como uma biblioteca que se incendeia. E essa tirada genial é a expressão de todo posicionamento que as culturas tradicionais da África Negra têm em relação ao idoso.

Em nenhuma, ou em quase nenhuma, das milhares de línguas negro-africanas o termo que corresponde ao "velho" das línguas ocidentais tem sentido depreciativo. "Velho", no continente de Amadou Hampate Bâ, o mestre Mali da tradição oral africana, de Cheik Anta Diop, o historiador e antropólogo senegalês, e de Nelson Mandela, é sempre sinônimo de ancião, sábio, pessoa venerável — porque detentora de muita experiência acumulada. "Velho", na sofrida Mãe África, é sinônimo de elegância e força moral: "Seus cabelos brancos fazem dele uma obra de arte, um monumento vivo" — escreveu um filósofo do Gabão. Pois é com esse sentimento e sob essa ótica que eu sempre admirei o pessoal das velhas guardas das escolas de samba.

Observem os leitores que, no tempo em que as escolas de samba cariocas eram instituições voltadas para o lazer comunitário e não companhias de teatro musicado ou clubes burgueses de Carnaval, todas elas tinham seus líderes, quase sempre aqueles que mais se destacavam nas variadas artes do samba, isto é, na feitura de composições, no difícil exercício do "verso" improvisado, na execução de algum instrumento, na coreografia extremamente complexa, no samba duro, no tapa, na organização, na liderança, enfim.

Esses heróis-fundadores, esses patriarcas ancestrais, foram envelhecendo e morrendo. E, paralelamente ao seu envelhecimento, as escolas foram deixando de ser o que eram para eles e para suas comunidades.

Mas alguns ainda continuam lá, arrastando os pés cansados de muitos sambas e saudando a plateia com seus chapéus de palhinha: são aqueles que antes vinham na frente e agora vêm lá atrás, fechando o desfile de suas escolas.

Ainda estão lá porque chegaram ao status de veneráveis, de ancestrais. E, quando saúdam o povo, é como se o fizessem dizendo:

— Viram? Isso tudo fomos nós que criamos, com nosso sangue, nossas lágrimas, nosso suor, nossa arte. Nós somos a Velha Guarda!

Assim era, por exemplo, o saudoso Francisco Felisberto Santana, o Chico Santana, compositor da Portela, autor do *Hino da Velha Guarda* e de pelo menos um samba de sucesso nacional ("De que me serve um saco cheio de dinheiro/ pra comprar um quilo de feijão?").

Morava numa casinha velha de uma vila do subúrbio de Oswaldo Cruz. Casinha velha mesmo, do princípio do século, baixinha e carcomida pelo tempo.

Um dia, o professor João Baptista Vargens, da UFRJ, foi até lá, convidado para almoçar. Casa de homem sozinho, o professor imaginou chegar e participar de um daqueles "rangos" informais, prato na mão, garrafa de cerveja no chão, aquelas coisas.

Nada disso! Recebido pelo anfitrião, o professor dá uma olhada discreta na mesa já posta na saleta minúscula: toalha alvíssima de linho com os respectivos guardanapos, taças de cristal, vinho branco num balde com gelo e, chegando da cozinha, fumegante, um cherne assado, cheirosíssimo, no seu envoltório de alfaces, tomates e outras "mumunhas".

— Elegância de Velha Guarda! — interpreta o compadre Pavão, lambendo os beiços e metendo-se numa crônica para a qual não tinha sido chamado.

O ônibus do Garcia

O bairro carioca de Vila Isabel, a "Vila de Noel", é, sem dúvida, um lugar dos velhos tempos. Ainda tem vilas e "correres" de "casas de rótula" à beira da rua, na porta das quais as senhoras portuguesas (ou serão italianas?), os venerandos colos empoados, põem cadeiras de palhinha, ao cair da tarde, para tomarem a fresca.

A Vila ainda tem quitandas e armazéns, daqueles em que seu Abílio, seu Albino ou seu Acácio — porque nem todo comerciante de secos e molhados se chama Manoel ou Joaquim — são capazes de fazer marotagens na balança, mas desaconselham um quiabo meio duro, uma laranja azeda ou mesmo um palmito veterano.

A Vila tem ainda casas que ostentam declarações de amor na fachada: "Lar de Arminda." E tem, também, gente que morre por amor. Como o Juca (tadinho!), o qual, cansado de esperar pela volta da mulher que fugiu com o carteiro — e depois de ter coberto o nome dela na fachada da casa com um plástico preto, só para descerrar a placa, solenemente, na volta triunfal —, tomou um engradado inteiro de uma certa cerveja que anda por aí e morreu de infecção intestinal.

Mágico, a Vila tem o Leony, prestidigitador e ilusionista respeitado, que vez por outra brinda o doutor Marques de Oliveira e a seleta plateia do Bar do Quinzinho com truques dignos de um David Copperfield. Teve um dia, inclusive, que ele serrou a Otelina em sete pedaços, abriu a caixa, fechou de novo e lá estava ela inteirona, serelepe, "sartando" de banda e exclamando, com aquele seu irremediável bafo de cana:

— Óticas do Povo, morou? Rá, rá!

E o Roque, "aquele que foi sem nunca ter sido"? Trata-se do Ayrton Senna dos burros sem rabo, esses veículos de propulsão humana que os escravos africanos foram obrigados a inventar e os lusitanos prazerosamente aperfeiçoaram. Inclusive, Roque, que é afro-lusíada, faz do seu uma extensão do corpo, como deve ser: com capacete de motoqueiro, óculos de aviador, farol de milha, antena parabólica e som estereofônico. Só falta o *laser*.

E o Gil Gilberto ("o outro"), malandro da antiga, do Cais do Porto, do Bafo da Onça e do Império Serrano, mas bem-chegado em cada morro da cidade? Babuche branco, camisa de viscose sem gola, cordão no pescoço, lá vai ele, cheio de chinfras e argumentos, levar um lero com o editor Léo Christiano, contar umas histórias para o jornalista João Máximo...

Mas nada mais empolgante na Vila do que o ônibus do Garcia.

Ônibus regular, da linha que liga a Vila ao Hospital dos Servidores, é consultório sentimental, divã de psicanalista, balcão de empregos, tudo o que você possa imaginar. Porque o Garcia é capaz de parar fora do ponto, entregar encomendas e até sair do itinerário só para prestar serviço. Inclusive, no ônibus, está lá: "Sugestões — tel.: 5555.5555."

Aliás, diga-se de passagem, na Vila não tem pra Rotary, não tem pra Lions, não tem pra ninguém. Serviço comunitário é o ônibus do Garcia. Que parece que é meio herdeiro de um antigo motorneiro de bonde da Vila, o Nascimento.

Só que o Nascimento às vezes irritava os passageiros. Porque frear o possante, saltar, entrar no boteco, tomar uma, cair no pagode, cantar um samba-enredo inteirinho e só aí tocar o bonde de novo já era um pouquinho além da conta, não é mesmo?!

Reminiscências circenses

E de repente lá estávamos eu e o compadre Pavão comendo pipocas (as dele, doces, que o médico lhe cortou o sal e outros prazeres), sentados no poleiro da memória e sob a lona multicolorida de nossas boas recordações, falando de circo.

Lembramos o Pavilhão Dudu, na velha Praça da Bandeira; o Olimecha, o Garcia, o Atlântico, esses *gran* circos, e chegamos até o Orlando Orfei. Rememoramos nossas noites insones, admirando as pernocas cor-de-rosa da trapezista, as contorções da chinesinha sobre a mesa de seda bordada, as doces ondulações da cubana sobre o rola-rola... e até mesmo (lembrou ele) a ferocidade da domadora, com suas botas e seu chicote estalando no ar.

E aí veio o entremez, o intervalo dos palhaços. Então o compadre, erudito como ele só, começou a me explicar as duplas de nossa infância: a diferença entre o Fred e o Carequinha, entre o Henrique e o Arrelia.

A dupla de palhaços — explicou ele — se apoia sempre numa dualidade que remonta à Idade Média, à *commedia dell'arte* italiana. O *clown*, enfeitado, bem-vestido, com o rosto apenas empoado, representa a autoridade, a riqueza, a sapiência. E o outro, de narigão vermelho, boca grande, meio sujo, desengonçado, de roupas e de sapatos extravagantes e maiores que o corpo, é o zé-povinho, o descamisado, o qualquer-nota, o classe D, o da base da pirâmide social. Só que este último, que o jargão circense chama de "augusto", apesar de suas trapalhadas e tropeções, sai sempre vencendo, num script imutável que a vida real insiste em não copiar.

Grandes "augustos" povoaram minha infância! Teve o Chocolate, no Circo Olimecha — o único palhaço negro que vi atuando —, idolatrado, além do histrionismo pelos saltos mortais que dava, até com pernas de pau. Teve o já mencionado Carequinha, ídolo de várias gerações de telespectadores, mas que eu vi no picadeiro de verdade, no mambembe circo Atlântico da minha meninice suburbana. Teve o Piolim e o Arrelia, paulistaníssimos em sua universalidade e universais em sua paulistanice. Foram tantos!

Os livros e os mais velhos sempre me falaram de Benjamin de Oliveira, palhaço-cantor, compositor, violonista, cronista de costumes, uma das maiores figuras das artes cênicas brasileiras em todos os tempos. E a evocação desse palhaço-cantor, também de pele escura, me remete ao saudoso trapalhão Mussum, que chegou a gravar dois discos com sambas cheios de graça, picardia e inteligência.

E é exatamente no patamar da inteligência e da picardia que eu e o compadre descemos do poleiro de nossas lembranças e nos refestelamos na poltrona dominical, diante do circo eletrônico. Que chatice, que mesmice, que decepção!

Os palhaços de agora podem ser saltimbancos, dando seus pulinhos para sobreviver; podem ser charlatões, como os altissonantes vendedores das feiras e dos teatros medievais; podem ser até deputados, eleitos por gente ingênua, para o Congresso Nacional. Mas palhaços... duvi-de-o-dó!!!

Palhaço é coisa séria.

A lenda da "cervejinha"

Era o cúmulo do estereótipo, do clichê, mas não deixa de ser engraçado! Falo daquelas cenas de novela em que o "núcleo suburbano" está à mesa, a batucadinha ao fundo, e lá está ela, o rótulo virado para trás (ou muito pelo contrário) por causa do *merchandising*, mixuruca, sem nenhum status, e às vezes até mesmo chocha, choca, sem pressão nenhuma.

Refiro-me à cerveja, a "preferência nacional", a "número 1", a que "ninguém pode negar" etc. Mas tudo isso hoje em dia, porque no meu tempo — que é o mesmo das tais cenas de novela — era bebida de escola de samba, salão de sinuca, pé-sujo, campo de futebol, por aí afora.

Desde que pude, sempre gostei de uma "loura suada". Tanto que na festa dos meus 33 anos ganhei de presente, do compadre Pavão, um samba que a certa altura dizia: "Glória ao sambista cervejeiro/ compositor do Salgueiro/ na idade de Jesus!/ Deus o livre de ressaca, cirrose e de bode/ sempre com muito pagode/ e o caminho cheio de luz."

Sou daqueles que sabem que a "loura", embora um pouquinho mais morena, nasceu na Antiguidade. E que foi no século XIII, num lugar chamado Einbeck, capital do principado de Grubenhagen, na Baviera, que ela começou a ter fama e ganhar o mundo. Sei, inclusive, de uma lenda segundo a qual um certo conde de Brunswijk, velhote voluntarioso e esperto, conseguiu convencer o pai da donzela mais cortejada da Baviera a dar-lhe a mão da moça em casamento, apesar da grande diferença de idade entre os dois. Diz a tradição que, depois da grande bebedeira que se seguiu ao casamento, a noivinha exigiu do velho noivo o cumprimento dos chamados "deveres conjugais". E o veterano, como tinha tomado mil calderetas, tulipas, bolinhas e garotinhos da *bier* que hoje se conhece como *bock*, desempenhou seu papel com galhardia, para felicidade total da menina e inveja dos convidados. O detalhe é que *bock* em alemão parece que quer dizer "bode" (no bom sentido) e foi aí, dizem, que esse tipo de cerveja passou a se chamar assim.

Bock é a cerveja escura, extraforte, mas diferente da cerveja preta brasileira, achampanhada, outrora "barriguda". *Munchener* é aquela mulata, cheia de malte, que andou na moda por aqui há alguns invernos. *Pilsener* e *lager* são essas mais comuns na nossa praia: umas menos gostosas que as outras, outras tantas dando um pouquinho de dor de cabeça no dia seguinte, outras ainda provocando até piriri — mas sobre essas, de precinhos muito simples e nomes muito complicados, não é bom nem pensar, quanto mais escrever.

Mas o que eu queria mesmo dizer é que agora, graças à publicidade, beber cerveja (como foi o ato de fumar cigarro até bem pouco tempo) passou a dar status, principalmente para a garotada. E o compadre Pavão me relata que até em cantina de faculdade se vende latinha, com a garotada indo para a aula empunhando a sua, como um *vade mecum*. Ou como se fosse a coisa mais bacana e inocente do mundo.

Isto posto, então, na falta de outro, o nosso "ministério" adverte: Cerveja é gostoso, mas não tem inocência nenhuma! Cerveja também pode viciar, criar dependência, levar às formas mais tristes de alcoolismo e provocar doenças sérias, como a cirrose hepática. A "cervejinha", "lourinha", "suadinha", "charmosinha" é uma bebida alcoólica como qualquer outra. E só combina com vigor, juventude, ação e aventura nos comerciais de tevê e naquelas lendas da Baviera.

— *Entschuldigen*! — agradece o compadre Pavão, mestre-cervejeiro reformado.

De carnavais e funerais

Imagine o leitor um Carnaval no melhor estilo brasileiro em uma grande cidade norte-americana. Com a ebulição frenética do frevo e também com a elegância aristocrática das Velhas Guardas das escolas de samba. Imagine o leitor toda essa doideira... numa cerimônia fúnebre. Pois saiba que isso existe. Na Louisiana, em Nova Orleans — cidade onde a diáspora africana deixou marcas profundas, fazendo-a tão parecida com Rio de Janeiro e Recife, por exemplo.

Tudo isso de que vamos falar ocorre nos *jazz funerals*, expressão que designa os pomposos funerais dos membros de irmandades negras naquela cidade americana.

No século XIX, Nova Orleans apresentava riscos consideráveis — guerra, febre amarela, cólera etc. — que ensejaram a formação de muitas sociedades beneficentes de base étnica, as quais desenvolveram, mediante pequenas contribuições mensais, formas primitivas de seguro--saúde e auxílio-funeral.

Depois da Guerra Civil, os clubes desse tipo, assistenciais e recreativos, mantidos pela comunidade negra, contratavam bandas para tocar em suas reuniões festivas e seus funerais. E mesmo depois da Grande Depressão do final dos anos 1920, com a bancarrota das companhias de seguro e o declínio das sociedades beneficentes, os *jazz funerals* permaneceram como uma manifestação vital dos negros de Nova Orleans.

Num funeral tradicional, a banda se reúne na igreja ou na capela mortuária onde se vela o defunto. Depois da encomenda do corpo, a banda, com o *grand marshal* à frente, conduz o cortejo vagarosamente pelas ruas da vizinhança, passando pela casa ou pelo local de trabalho do falecido, onde uma grinalda ou coroa negra estará pendurada na porta.

Grand marshal é o personagem que, solene e pomposamente, vai à frente da banda, atuando como uma espécie de mestre de cerimônias, para "esticar" o percurso do cortejo, a fim de que ele atraia sempre mais gente. Veste-se de terno ou fraque preto, usa chapéu coco ou cartola, uma faixa no peito ou um emblema no braço esquerdo e luvas brancas, e saúda cerimoniosamente a assistência. E aí eu pergunto se o leitor já não viu esse "filme" em algum destes sambódromos ou avenidas por aqui.

A música executada no cortejo de ida é solene, pesada, geralmente tirada do hinário das igrejas protestantes. E no cemitério, iniciado o sepultamento, a banda silencia, permanecendo assim até a saída do local. Mas depois, na rua, observada uma distância respeitosa, o primeiro trompetista executa um *riff* preparatório de duas notas, alertando os demais músicos. Obedecendo à chamada, os percussionistas começam a marcar o ritmo, no que a banda rompe a solenidade e o grupo da chamada *second line* — os passistas —, principalmente crianças, surge com suas sombrinhas, muitas delas enfeitadas, executando sua coreografia espetacular. Dá-se, então, a festiva celebração, com gente chegando de todas as partes para dançar, num verdadeiro carnaval, exatamente como nas ruas do Recife quando irrompe o frevo.

Comandando tudo, lá está o *grand marshal*, como um Velha Guarda da comissão de frente da Portela, do Império Serrano, da Vila, da Camisa, da Vai-Vai, da Nenê... Porque tanto lá como cá, *c'est tout la même chose* [é tudo a mesma coisa]. E como dizia o poeta haitiano Jacques Stéphen Alexis, "a África não deixa em paz o negro, de qualquer país que seja, qualquer que seja o lugar de onde venha e para onde vá". Nem no Carnaval nem no funeral.

Rio de Janeiro, 1954

A manhã daquele dia 24 de agosto corria aborrecida. Aula de matemática já no segundo tempo, aquelas raízes quadradas perturbavam a mente; e as equações, embora de primeiro grau e com apenas uma incógnita, incomodavam a digestão do café com leite, pão e manteiga da entrada.

A escola era pública, mas séria. E exclusivamente masculina, num tempo em que o termo "machista" ainda não tinha sido inventado. Daí o terror de dois ou três meninos diferentes, que recusavam a educação física (até forjando atestado médico) para não terem que ficar nus na hora do chuveiro.

Era uma época em que o politicamente correto também não existia. Em que chamar a gente de "crioulo", "miquimba", "tiziu", "pau queimado" não tinha nada de mais. Pois até o Oscarito, atendendo a exigências do *script*, de vez em quando sacaneava o Grande Otelo. Como, por exemplo, naquela cena engraçadíssima, de um tempo politicamente incorreto, em que o telefone (da cor preta) era sinônimo de negro. Oscarito encostava o cotovelo preto do parceiro junto à boca e ligava: "Alô!"

Ser preto ou branco naquele tempo eram circunstâncias até celebradas. Como nas disputas de futebol incentivadas pelos instrutores de ginástica. De um lado, o esquadrão formado por Álvaro, Russinho e Paulo Emílio; Breno, Glauco e Alemão... Esqueço. Do outro, o nosso: Chaminé, Azeitona e Jamelão; Chocolate, Blecaute... A memória me falha. Até mesmo quando invento nomes para preservar a identidade dos colegas.

Pois bem. Café da manhã, aulas de cultura geral (latim, francês, inglês, canto orfeônico...) até a hora do almoço. Cultura técnica (mecânica, fundição, marcenaria...) à tarde. Cultura física até o anoitecer. Jantar. Leitura e cama, para o pessoal do internato; volta para casa, abatido, mas esperançado da vida, para nós semi-internos.

Mas o bom mesmo eram os intervalos e tempos vagos. Quando trocávamos nossas experiências musicais comunitárias. E foi aí que conheci os sambas da longínqua Tijuca, que anos depois me levariam à dupla condição de acadêmico: na Faculdade Nacional de Direito e na Academia do Salgueiro. Mas voltemos a 1954.

A escola ocupava um terreno de vários alqueires, pertinho da Vila Militar, no subúrbio carioca de Deodoro. E naquela manhã de agosto a aula parecia não terminar nunca.

Até que, providencialmente, chega à porta o inspetor-geral. Pede licença, entra, visivelmente nervoso, cochicha alguma coisa no ouvido do professor e sai, quase chorando. Expectativa geral. O mestre, perturbado também, mas fleumático, despe o guarda-pó, limpa o giz das mãos, vai vestindo o paletó enquanto avisa:

— As aulas estão suspensas. O presidente da República acaba de cometer suicídio.

Um a um, então, fomos saindo, caras de pau tentando mostrar tristeza, quando por dentro o que rolava era a adrenalina (já havia, naquela época?) da alegria, por aquele feriado inesperado. Em vez de equação, a pipa no alto e o pião gungunando; no lugar das razões e proporções, o racha, a pelada, o refresco de groselha, a paçoca e o pé de moleque. Ledo engano!

Em casa, minha mãe chorava e meu pai ouvia o rádio, lívido. Minhas irmãs arrumavam a casa compungidas. E meus irmãos iam chegando do trabalho, para o funeral de nossas ilusões.

Na ingenuidade dos meus 12 anos eu não poderia imaginar que a partir dali tudo seria diferente: ensino, família, saúde, trabalho... De bom, mesmo, só ficou aquele samba-enredo arquetípico, talvez o melhor de todos os tempos, da fina lavra do saudoso Padeirinho da Mangueira. Cantem comigo!

"Salve o estadista, idealista e realizador..." A voz embargou. Desculpem.

Aníbal, o negro do tzar

Confesso que eu nunca tinha lido nada de Puchkin, o escritor russo. E pouco sabia dele. Mas aí, de um sebo esculhambado e molambento da rua Regente Feijó, me veio, pelas mão de meu querido compadre Pavão, a grande revelação. E, então, fui me informar.

Aleksandr Sergheievitch Puchkin — pelo menos é assim que está escrito na grande Delta Larousse que eu comprei na feira da rua Jorge Rudge, na mão do saudoso seu Rubens, num dos episódios mais engraçados da minha vida: os doze volumes numa caixa de maçã ficaram me esperando no boteco do Tuninho até de noite, e foram pra casa na cabeça, meio encervejada, do compadre Israel, o componente mais forte da Velha Guarda do Salgueiro... Mas, como eu ia dizendo, Puchkin nasceu em Moscou, em 1799. E depois de publicar uma epopeia, um romance em versos e várias novelas, morreu num duelo, em 1837, em São Petersburgo.

Sua obra o credencia, hoje, como o fundador da moderna literatura russa. E suas ideias liberais acabaram por conquistar a simpatia deste modesto escritor.

Acontece que Puchkin era bisneto de um negro africano — como eu e compadre Pavão supomos ser também. E tinha, também como nós, um tremendo orgulho dessa circunstância étnica.

O bisavô de Puchkin foi uma figura legendária. Chamava-se Abraão Aníbal, era etíope (tempos atrás esse gentílico era usado indiscriminadamente para qualificar qualquer africano, mas imagino que ele fosse realmente da antiga Abissínia), e foi enviado, como um presente, ao tzar Pedro, o Grande (1682-1725) pelo embaixador russo em Constantinopla.

Curioso é que, de escravo, Abraão Aníbal acabou se tornando protegido do imperador. E, assim como aqueles crioulinhos afilhados de madrinhas ricas que a gente invejava quando criança, estudou na escola militar de Paris, foi promovido a capitão de artilharia e destacou-se na Guerra da Espanha (1701-1713), onde foi ferido em combate.

Na corte francesa, onde era conhecido como *le nègre du tzar* (o negro do tzar), Abraão (ou Ibraim), depois de fazer um grande sucesso entre as mulheres, relacionou-se amorosamente com uma certa "condessa de D.", nascendo aí a genealogia de Puchkin.

Essa história quem conta é o próprio "pai" da literatura russa numa novela inacabada chamada *O negro de Pedro, o Grande*, publicada no Brasil em 1962, ganhando nova edição e título — *A dama das espadas* — em 1981, com tradução de Boris Schnaiderman. E foi com esse livro que o compadre Pavão chegou lá em casa no sábado, para me filar a boia, atirando esse veneno insidioso:

— Feliz de mim que, sem grana para ir à Flip (Festa Literária Internacional de Paraty) ou à Bienal do Livro do Riocentro, acabei dando com os costados na rua Regente Feijó! Porque essas grandes revelações, com as quais nós vamos, pouco a pouco, montando nosso quebra-cabeça particular, não são coisa de multimídia e internet, não! Elas estão é na rua do Carmo, no subsolo do edifício Marquês do Herval, lá pelas bandas da Praça Tiradentes, nos grandes sebos da cidade!

Saibam os leitores que não endosso essas frases viperinas do compadre. Mas, como certamente faria o bisavô de Puchkin em relação ao padrinho, defenderei até a morte o seu direito de dizê-las!

A Chica do cinema
e a verdadeira

Primeiro, foi a nossa escola de samba Acadêmicos do Salgueiro, em 1963, com o magnífico enredo sobre a mulata que trocou "o gemido da senzala pela fidalguia do salão". Depois, foi nossa amiga e intérprete Zezé Motta, em 1976, no filme de Cacá Diegues. Vinte anos mais tarde, foi a talentosa e querida Taís Araújo, na telenovela da TV Manchete. Bela história, belas interpretações!

Entretanto, já em 1990, a imagem da legendária Chica da Silva começava a ser vista sob outras luzes. E isso por conta do grande livro *Rei branco, rainha negra* (Editora Lê), do meu amigo Paulo Amador, o qual, embora romance histórico, botou os pingos nos "is" na mitologia que envolve a vida real dessa mulher extraordinária.

Chica da Silva realmente nasceu no Arraial do Tejuco, por volta de 1737, meio-irmã do inconfidente padre Rolim, por conta de uma ligação do pai deste com uma das escravas da família. Por volta dos 14 anos foi seduzida (pela lei atual, tratar-se-ia de estupro presumido) pelo recém-chegado mandachuva do Tejuco, Manuel Pires Sardinha, o Mula

Ruça, enviado do marquês de Pombal. Emprestada a ele pela família Rolim em troca de alguns favores (escravo era *res*, coisa, e, como tal, podia ser dado, emprestado, alugado ou vendido), nossa heroína teve do Mula Ruça dois filhos: Simão Pires Sardinha, sargento-mor das minas e naturalista de renome, protegido do governador Cunha Menezes e um dos mineiros mais influentes nos anos de 1780; e Cipriano Pires Sardinha (*c.* 1740-1797), erudito padre, enviado apostólico de Portugal ao reino do Daomé, onde faleceu. Do contratador João Fernandes de Oliveira, Chica teve mais uma meia dúzia de filhos, um dos quais, rico, poderoso e homônimo do pai, teria tido, no Rio de Janeiro, um caso com a "rainha devassa" Carlota Joaquina, mulher de dom João VI.

Mas o que de fato realça na Chica-que-Manda — tradicionalmente vista como grotesca e luxurienta devoradora de homens — retratada por Paulo Amador é a canalização de todo o seu poder para a construção da verdadeira e democrática Idade de Ouro que a atual Diamantina viveu no século XVIII. "O Tejuco, sob Chica" — ensina o escritor — "acabara por se tornar o primeiro lugar em nosso continente onde os negros conseguiam sua libertação em massa. Em pouco tempo os negros começariam a suplantar os brancos nos mais variados modos de produção e de arte, como a música". Com efeito, protetora das artes e da educação, Chica, além de inaugurar um teatro em seu arraial, ajudou a projetar o afro-brasileiro Lobo de Mesquita como um dos maiores músicos brasileiros do período colonial; fundou uma importante escola de pintura e ajudou a consolidar o convento de Macaúbas, onde educou nove filhas.

Muito mais, então, que a fortuna acumulada por João Fernandes, o que preocupava as autoridades portuguesas eram os ares democráticos que o Tejuco de Chica respirava. As ideias da Revolução Francesa já estavam em curso, chegando até os negros do Haiti; e as lutas de emancipação das colônias inglesas na América do Norte já se ensaiavam. Então,

João Fernandes foi forçado a retornar a Portugal em 1771 e Chica obrigada a voltar para "o seu lugar", onde morreu vinte e cinco anos depois.

Treze anos após Paulo Amador, a historiadora Júnia Ferreira Furtado trazia ainda mais luzes à figura da personagem. No livro *Chica da Silva e o contratador dos diamantes* (Companhia das Letras, 2003), a pesquisa da autora, principalmente em fontes portuguesas, mostra a lendária mineira como mãe zelosa de treze filhos no curto espaço de quinze anos, fazendo cair por terra, definitivamente, a imagem sensual projetada pelo cinema e pela televisão.

Os gaviões do mar e os do Loide

Agora, vamos eu e compadre pelas imediações do velho Cais Pharoux, afagando, com os pés, séculos de História, pisando nos astros, distraídos. Mas a cada esquina somos surpreendidos por milhares de fitas--cassete oferecidas a preço de banana pelos camelôs. Pelas embalagens, nota-se que a procedência é duvidosa. E, sentindo no ar aquele cheiro de maresia com maracutaia, o compadre sentencia:

— Pirataria por pirataria, sou mais o Errol Flynn!*

De fato, o compadre, aposentado do Loide que é, manja um bocado dessas coisas do mar. Ele sabe, por exemplo, a diferença entre pirata (o ladrão do mar, como Barba-Roxa), corsário (comandante autorizado pelo rei a dar caça aos navios mercantes das nações inimigas, como Duguay-Trouin), flibusteiro (pirata das Américas, no século XVII) e bucaneiro (aventureiro de terra firme, ocasionalmente pirata). Só não

---

* O ator australiano Errol Flynn (1909-1959) foi o rei dos filmes de capa e espada de Hollywood durante as décadas de 1930 e 1940.

conta que aprendeu isso tudo no *Dicionário de sinônimos* do grande afro-brasileiro Antenor Nascentes.

Conta-me, entretanto, o valioso compadre, que pesquisadores de Massachusetts, EUA, começaram a descobrir, a partir de 1984, que grande parte dos "gaviões dos mares" que infestaram principalmente o mar do Caribe nos anos de 1600 e 1700 era constituída de negros que fugiam à escravidão, alguns deles, inclusive, tornando-se comandantes de navios — e muitos, hoje, caracterizados como combatentes antiescravistas e não simples bandidos.

Capitães piratas de pele escura — ensina o velho marinheiro — foram, por exemplo: Caesar, lugar-tenente do legendário Barba Negra; Diego Grillo, também chamado Mulato Diego; Lúcifer, escravo fugido de Havana, que fustigou os espanhóis por cerca de três décadas e em 1603 tomou Puerto de Cavallos no golfo do México, juntamente com o célebre *Wooden Leg* ou *Jambe de Bois* (Perna de Pau); Francisco Fernando, de breve carreira; Laurens de Graff (os escravos recebiam os sobrenomes de seus donos), que comandou mais de cem homens num ataque a Veracruz, México, em 1683; e Abraham Samuel, um ex-escravo da Martinica que teria abandonado a pirataria para assumir um reino em Madagascar.

E lá vamos nós, antelibando a caldeirada de frutos do mar que nos espera fumegante na Travessa do Comércio, quando a enorme faixa em plástico amarelo nos agride e aterroriza, com suas letras verdes garrafais: "Que a maldição das profundezas oceânicas recaia sobre os predadores do Loide Brasileiro!"*

---

* A Companhia de Navegação Lloyd Brasileiro, popularmente conhecida como "o Loide", foi uma estatal, extinta em 1997, ano em que este texto foi escrito, no âmbito do plano de desestatização do governo da época, em meio a grande grita dos opositores.

Confesso que trememos. Porque com o mar não se brinca e praga de sindicalista é pior que de madrinha. Mas enfrentamos a caldeirada — que, na nossa doce imaginação, incluía moedas persas, lascas do leme de um galeão espanhol, um pedaço de astrolábio e outras relíquias. E depois fomos, alheios às privatizações, pelo novo calçadão da Praça Quinze, a lembrar, aí sim, outras... privações. Como as de João Cândido e tantos dragões, e não gaviões, dos mares brasileiros.

Centro Recreativo
Amantes da Arte

Era sábado e eu tinha pedido ao português para largar mais cedo. Sabe como é, né? Naquele tempo não tinha essa colher de chá de semana inglesa, não, meu camarada! Aí, desci ali pela Senador Pompeu, entrei na Marisqueira, mandei o Aristeu me fazer um bife com dois ovos, tudo malpassado, que é assim que se levanta a moral; pedi uma Caracu e me forrei. Dali, peguei o lotação na Central e fui pro Jaime dar um molho, passar um sinteco no telhado.

Dali a pouco, o bom cabelo tinindo, já tava eu metendo a mão na cambuquinha com água quente e coisa e tal, alicate pra lá, cutícula pra cá, lixa (a do mindinho deixa mais comprida, Leonor!), esmalte branco, sopra de leve — que beleza, parece até mão de pianista, olha aí!

Jaime, Leonor, tinturaria:

— Cuméquié, seu Miguel, tá pronto?

— Tá engomando ainda.

— Poxa, seu Miguel, hoje é sábado!

— E é por isso mesmo! Sabes quantos a Arminda está a engomar desd'ontem? Vócês moreninhos andam a simana toda d'macacão. Não sâi praquê, só porque é sábado, butar linho branco!

— Não força, galego! Vai te... Tá bom, tá bom... Eu dou um tempo ali no sapateiro e daqui a pouco volto aí.

Leonor, tinturaria, sapateiro:

— Fala, Zé Bento!

— Fala tu, mano velho! Quê qui manda?

— Vim pegar o pisante.

— Qualé?

— Aquele ali. O de couro de cobra.

— Ah, tá aqui. Meia sola e salto.

Banho tomado, meto lá o Royal-Briar, visto a beca, calço o pisante, saio, chamo um carro e vou pegar a Dagmar, que vem dizendo uma letra, nos trinques também. Chegamos no Amantes, subimos a escadaria, um "oba" pra um, um "olá" pro outro, o baile já começou.

Mesa 17, aquela já no esquema, daquele canto dá pra ver o salão todo e apreciar as melodias.

— Pois não, meu chefe...

— Um traçado, uma Faixa Azul e uma porção de salaminho.

— Casco escuro, hein! — exige a Dagui.

Um grande baile aquele! Os cavalheiros de branco, as damas de azul, duas orquestras se revezando, o pessoal da Ala dos Nobres gastando os tubos (era princípio de mês), muita cabrocha bonita, uma noite memorável aquela, promovida pelo sindicato das manicures e dos barbeiros.

Meia-noite e quinze. O naipe de metais introduz e a *lady-crooner* Wanda Brasil mete lá: "Meu mundo caiu..."

Rodo a Dagmar, dou um pião, faço um espaguete — eu hein, o que que é isso, minha gente?! —, o chão vai fugindo devagarinho dos meus pés, as janelas vão subindo, o ventilador de teto vai ficando cada vez mais no alto, nego querendo subir pelas paredes, olha a gente lá embaixo sem entender nada e o jornal na segunda-feira dando a manchete:

"GAFIEIRA CAI DENTRO DA SAPATARIA — Sobrado condenado pela Prefeitura — 'A Principal' processa donos do Amantes — Orquestra tocava *Meu mundo caiu* — Vizinhos dão graças a Deus."

Vevé da Vila

Vevé da Vila nasceu no samba, filho e neto de sambistas. E na sua escola de coração já fez de tudo: saiu na bateria e como passista; já substituiu o mestre-sala e o puxador do samba; fundou uma ala; foi locutor... Porque, por amor à sua agremiação (e por alguns trocados), faz qualquer negócio. Hoje, na Velha Guarda, ainda é um grande personagem.

Quando já tinha quase 60, numa estranha espécie de "regressão", insistia em sair na Ala dos Estudantes. O figurino, sabe como é que é, né? Sandálias gregas, mas com aquelas perneiras metálicas; braçadeiras idem; aquela cabeça cheia de plumas, aquela capinha, aquela sunguinha... E só. Era sempre assim, com pequenas variações. Todo ano. Até que um dia seu Zé Sapateiro não aguentou mais e chamou-o às falas:

— Ô, Vevé! Tu já é um homem velho! Como é que fica saindo em ala de garotão, com a bunda de fora? Tu gosta da escola, não gosta? Tu tem amor por ela, não tem? Então? Por que que não sai com a gente na Velha Guarda?

Naquele tempo, ainda era a Ala dos Veteranos que abria o desfile da escola. Seus componentes é que eram a Comissão de Frente, de luva e bengala, tirando o chapéu, saudando as autoridades, o povo, a "imprensa falada, escrita e televisada", e pedindo passagem. Vevé estava meio balançado. Mas contra-argumentou:

— Mas tem a menina, seu Zé: a Verinha, minha garota. Eu tô gamadão e ela sai na ala comigo. Como é que vai ser?

O sapateiro, então, lembrou que a solenidade, o cerimonial, o protocolo da Velha Guarda era só durante a passagem da escola. Quando acabasse, ele se encontraria com a menina na dispersão, pegaria ela, e tudo bem: ia à luta, comer, beber, namorar, brincar o Carnaval. E o Vevé acabou concordando.

No dia e na hora do desfile, lá estavam os veteranos de fraque, cartola, luvas e bengala. Tudo dourado. Porque o enredo era "Em busca do ouro". Dada a partida, depois do esquenta da bateria e do grito de guerra, lá foram eles — seu Zé Sapateiro, Valdemar Capenga, Juca da Baiana, seu Manduca, Jaburu... Eram doze ao todo. Contando com o Vevé. Adentraram a passarela, naquele passo cadenciado, cronometrado, coreografado... Tirando a cartola na hora certa, todo mundo ao mesmo tempo, no mesmo movimento, sorrindo aquele "sorriso negro que traz felicidade", cheio de dente de ouro, cheio de "falsa alegria". Até que chegaram ao final da pista, quase na Apoteose. E aí, seguindo a marcação, alinharam-se à direita, de frente pra escola passando (pra saudar cada um dos três "Bs" do fundamento: bandeira, baianas, bateria), tirando a cartola e encostando ela no lado esquerdo do peito, o do coração. Estavam ali naquela, sérios e compenetrados, quando, já quase no fim, veio a Ala dos Estudantes. E, nela, a Vera, à vera, com aquelas sandálias gregas, com aquelas perneiras metálicas, braçadeiras combinando, aquela capinha, aquele biquininho, aquele bustiê fininho... Benza Deus! Que saúde! E como dizia no pé, meu sinhô! Parecia uma britadeira! O Vevé, coitado, quando viu aquilo tudo não aguentou. Quebrou o protocolo em 200 mil pedaços, esqueceu o cerimonial, a liturgia do cargo, perdeu totalmente a compostura e partiu pra dentro:

— Veraaa! Verinha, meu amor!!!

Foi nessa que seu Zé Sapateiro, sem perder a fleuma de lorde inglês nascido na Jamaica, agarrou firme no rabo do fraque do malandro pra ele não fugir. Mas fantasia de Carnaval tu sabe como é que é, né? Então, lá foi o jovial Vevé, de cartola e sem camisa, correndo louco de amor, deixando seu Zé na maior bronca, fulo de raiva, mas impassível, imperturbável, riso amarelo, saudando o povo do Setor 11 com o rabo do fraque dourado do apaixonado Vevé.

Vevé vê a avenida

Hoje, graças às modernas técnicas de que dispõe a oftalmologia, Vevé não precisa mais de óculos. Mas, quando rapaz, sua "luneta" era daquele tipo fundo de garrafa. E, sem ela, o malandro não enxergava xongas.

Ele dizia que era por estudar muito, por ler demais. No entanto, isso não o impedia de ser o sambista que sempre foi, na bateria, como passista, como mestre-sala, como compositor, na defesa do pavilhão da sua escola. Como naquele tricampeonato da década de 1970.

O desfile, na Presidente Antônio Carlos — da rua da Assembleia até o Aterro —, foi show de bola: enredo, alegorias, samba, harmonia, canto, dança, tudo de primeiríssima, da melhor qualidade. Então, encerrada a apresentação (o termo "dispersão" veio depois), depois de todos aqueles abraços e congratulações, de terno, chapeuzinho de aba curta e bengalinha na mão, Vevé, na maior euforia, veio de volta, parando em cada barraquinha, compartilhando com cada amigo que encontrava uma cerva, um conhaque, outra cerva, um pau-pereira, uma Brahma, outra

Brahma, um Domecq, uma Antarctica... De repente, aquele branco: "Onde é que eu tô? Que desfile é esse?"

Estava na Rio Branco, esquina com a Ouvidor. E o desfile que rolava, o sol já bem alto, era o do terceiro grupo, a famosa "poeira", aquele astral esquisito. Que de repente ficou mais esquisito ainda, tudo embaçado, Vevé sem enxergar um palmo adiante do nariz.

É que uns malandros, de sacanagem, vendo o balão apagado balançando pra lá e pra cá, tiraram-lhe os "oclinhos" na maior delicadeza e levaram embora, rindo, rindo e cantando "Cai, cai, balão".

Nessa, mesmo com a pilha fraca, veio a descarga de adrenalina. E com ela a ressaca moral, a vergonha do vexame: sambista esperto dando uma de balão apagado em pé em plena avenida Rio Branco!

O jeito é ir para a Presidente Vargas e pegar o ônibus para casa. Mas como? Onde é a avenida Presidente Vargas? "Não estou enxergando nada."

Mas o deus Momo protege as criancinhas, os bêbados e os sambistas otários. Então, nosso herói conseguiu chegar até onde o ônibus passa. Mas... Como saber qual é o 434? Nem pela cor dá pra identificar. O jeito é... Aquele vulto ali, redondão, parece uma baiana. E a cor é a da escola.

— Minha tia, dá licença!

— Pois não, menino! Tá ruinzinho, hein? Mas diga.

— A senhora podia me fazer um favor?

— Hmmm... Tô durinha, rapaz.

— Não, não é isso, não! É só pra senhora me avisar quando vier um ônibus que passa na Vila.

— Ah, meu filho...

— Que é isso, tia? Chorando por quê?

— É muito triste, meu filho. Ver um rapaz bonito assim como você não sabendo ler.

— ???

— E o pior é que eu TAMBÉM sou analfabeta, meu filho.

Pleno Carnaval, Presidente Vargas, a velha baiana e Vevé chorando abraçados. Aquilo era um final de um filme muito triste.

Vevé e a vovozinha

No final dos anos 1960, Vevé saía em ala, daquelas de capa, espada, cabeleira e chapéu de penacho. Tipo os três mosqueteiros. Ala dos Lordes, dos Barões, dos Nobres, da Corte Imperial... Cada ano era uma fantasia mais bacana. Até que veio uma de armadura, elmo, escudo, lança e uma capa vermelha. Demais!

Domingo, no desfile principal, a escola arrebentou a boca do balão. E aí, na segunda de tardinha, Vevé foi tirar onda, se exibir pras meninas na Praça Sete.

Está ele lá, todo prosa, cheio de marra, tomando sua cerveja, quando chega um cara mais ou menos conhecido:

— Como é que é, Vevé. Parabéns, hein? A escola veio muito bem.

— Valeu, mermão! A gente faz o que pode. Toma um copo.

— Muito obrigado, Vevé. Eu cheguei aqui só pra te pedir um favorzinho.

Aí, o cara explicou que a mãe dele era uma velhinha muito doente, que não podia sair de casa pra nada e gostava muito de Carnaval.

E que nem pela televisão ela podia ver o Carnaval, porque eles eram muito pobres e não tinham o aparelho.

— Então, será que não dava pra tu dar uma chegadinha lá, pra ela ver tua fantasia e saber como é que é o Carnaval? É logo ali, ó, naquela janela verde.

Vevé hesitou um pouco, mas acabou concordando. Aí, terminou a cerveja, pagou e foi até lá com o camarada.

— Mãeeee!!! Olha quem eu trouxe aqui pra te ver — ele gritou da porta.

E a velhinha, coitadinha, firmou os olhos, mas não distinguiu direito.

— Quem é???

— É ele, mãezinha! Tu não pediu? Não rezou tanto?

Aí a velhinha entendeu de "quem" se tratava e, quase tendo um troço, começou a chorar, gritar e se descabelar na cadeira de rodas:

— Ai, meu Santo Guerreiro! Meu São Jorginho do meu coração! O senhor ouviu e veio me libertar deste vale de lágrimas.

Vevé, quando entendeu do que se tratava, sartou de banda, pegou o cavalo imaginário que tinha deixado lá fora amarrado no poste, e se mandou.

Já vi esse filme: chega!

A estética imperante no cinema brasileiro desde o grande sucesso do excelente filme *Cidade de Deus* começa a saturar aqui em casa. Ninguém aqui aguenta mais ver filme de favela, com negão de arma na mão.

— Mas esses filmes dão emprego aos moleques, coroa! — argumenta o Dezói.

No que a cientista política Hanna Bowl, *intelect* como ela só, rebate:

— Pois é... o mundo de hoje não é nada daquilo que Karl Marx sonhou!

O fato é que nem este senhor aqui aguenta mais. Por que — penso eu com os seis botões do meu jaquetão tropical Super Pitex — não metem lá um argumento esperto e um roteiro caprichado em algumas das mirabolantes peripécias da história afro-brasileira que todo mundo conhece? A do João de Oliveira, por exemplo.

João, todo mundo sabe, era iorubá, nagô, tendo nascido na atual Nigéria — ou no Benim — ali pelo iniciozinho do século XVII ou no fim do anterior. Tornado cativo ainda menino, veio como escravo para Pernambuco e, em 1733, retornou ao golfo do Benim, ainda na condição de escravo e provavelmente a serviço de seu senhor. Dedicando-se, talvez com a morte deste, também ao comércio negreiro, João obteve grande êxito, pelo que abriu, com seus próprios recursos, os armazéns e embarcadouros que teriam originado as cidades de Porto Novo e Lagos. Segundo o mestre historiador Alberto da Costa e Silva, sua prosperidade levou-o a enviar auxílio, em moeda e escravos, à viúva de seu antigo senhor pernambucano; e a contribuir para a construção da capela maior da igreja da Conceição dos Militares, em Pernambuco.

Em 1770, João de Oliveira retornava a Salvador, onde mais tarde faleceu. Nesse retorno, foi preso por contrabando de escravos. Entretanto, dos 79 negros que trouxera, quatro não seriam cativos e, sim, enviados do *oni* (rei) de Onim (Lagos) em missão diplomática e comercial.

A história desse João dava ou não dava um bom filme? Com bastante ação e sem necessidade de gastar muito dinheiro. E, além dela, muitas outras sobrevivem na memória afro-brasileira!

Mãos à obra, cineastas!

O bloco do casuísmo

Ontem, conversávamos sobre Carnaval. Eu e o compadre, folião aposentado que, nos bons tempos, transformava cúpula de abajur em chapéu, cortina em quimono e descia para a avenida Rio Branco fantasiado de "china pau, china duro de roer".* Trocávamos, machadianamente, impressões sobre as mudanças no Carnaval e em nós, desfiando casos e mais casos antigos, quando me lembrei do Bloco do Sarrafo.

Foi um bloco de sujo improvisado, de circunstância, surgido ali na hora — porque mesmo os blocos de sujo, pais das carioquíssimas "bandas" de hoje, tinham que ter uma razão para existir, um momento de fundação, um lapso preparatório, para então saírem no Carnaval. E o nosso não teve nem tempo de ser pensado e fundado, de amadurecer antes de nascer: surgiu na porta de casa e no mesmo momento ganhou o asfalto da rua principal.

---

* Citação a marchinha de Carnaval de Alberto Ribeiro e João de Barro, *China pau*, de 1943: "É china pau/ china pau/ como quê/ É china pau/ china duro de roer/ Li num almanaque/ Que mandaram de Pequim/ japonês de fraque/ parece com pinguim."

Tínhamos bons músicos e belas mulheres, todos da família. Então, certamente, na medida em que o bloco fosse ganhando a avenida, iria incorporando adesões animadas, uns pela música, outros pelas mulheres, que não existe folião desinteressado e essas — além da bebida, é claro — são as duas grandes motivações de Momo e seus súditos.

Na primeira esquina já havia algumas adesões. Velhinhos, mocinhas e crianças atraídos pelo maviosos sons do trombone do meu velho, do pistom do meu sobrinho e do sax do Adalberto, vizinho quase irmão. E uns três rapazolas fingindo-se inebriados pelo ritmo, mas de olho nas excelências físicas de minhas primas, prodígios de sensualidade e entusiasmo.

Havia um concurso para escolher o bloco mais animado. E a nossa premiação era garantida, pois meu tio estava lá no coreto, chefiando o júri e tinha sido ele, presidente da Comissão de Carnaval, o dono da ideia:

— Vocês formam o bloco, saem à rua, vão atraindo gente, o grupo vai crescendo, chegam lá, abiscoitam o prêmio, eu ganho prestígio e ano que vem eles me chamam de novo!

Foi o que a gente fez. E o bloco foi crescendo um pouquinho. Só que, de repente, já quase chegando ao coreto, aconteceu um fato surpreendente. Saída não se sabe de onde, uma verdadeira avalanche foliona nos envolveu numa nuvem de samba, suor, cerveja, erotismo e animação, e nós fomos literalmente engolidos.

A nuvem de gafanhotos — ainda não havia "arrastão" naquela época — era um bloco de sujo de verdade, daqueles que desciam dos morros no domingo de manhã, prelibando o que seria a escola de samba logo mais. Era algo orgânico, visceral, o pessoal cantando, batucando e sambando por amor ao samba mesmo, sem nenhum outro objetivo senão o de prestar culto aos deuses ancestrais e ao Baco de todos nós.

Foi assim que o nosso Bloco do Sarrafo (nome sem pé nem cabeça), inventado na hora, ficou sem as meninas bonitas e sem os interesseiros aderentes de ocasião (bandearam-se para o outro lado), só com os instrumentos, tocando para ninguém, e foi responsável, para desespero do meu tio, pelo maior fiasco do Carnaval daquele ano.

— Mas... esse era um bloco casuísta. Foi criado só para o teu tio ficar mais um no ano no comando do Carnaval! — intuiu o compadre Pavão.

Pior que era. Mas os deuses da festa mexeram os pauzinhos lá em cima e meu tio teve que jogar o jogo dentro das regras. Se ele foi escolhido de novo, confesso que não sei. Mesmo porque isso é conversa para outros carnavais.

Última flor do Lácio

No vegetariano da Vila, luxo baratinho que me permito algumas vezes na semana pra limpar a serpentina, termino as saladas e pergunto pelo conteúdo do prato quente.

— Arroz integral, bolinhos de vagem, torta de cebola e "kibêybe" de abóbora! — responde a solícita garçonete, certamente pensando que quibebe é um *fast-food* desses aí e se escreve com *k* e *y* como quase tudo hoje em dia neste país.

Mal sabe ela, coitadinha, que QUIBEBE (papa de abóbora preparada de várias formas e com acompanhamentos diversos) vem do quimbundo, uma das línguas de Angola, significando papa, caldo grosso (*kibebe*), e que, no Nordeste, o termo pode significar também vários tipos de ensopado, inclusive de mandioca, derivando, aí, do quimbundo *kibeba*, espécie de guisado, e influenciado em sua formação pelo vocábulo anterior. Pelo menos é que o diz o *Dicionário banto do Brasil*.

O exemplo do "kibêybe" é para dar uma dimensão da confusão que o inglês mal-assimilado anda fazendo na cabeça da garotada. E não só da garotada. Outro dia mesmo, no jardim zoológico aqui ao lado — outro dos meus luxos baratinhos —, um pai já quarentão, de voo baixo, na ala destinada às aves que voam alto, mostrava ao filho o "côndor" (assim mesmo, com acento na primeira sílaba) quase ao mesmo tempo em que um ambulante apregoava o seu "sevenápi".

Imagine o leitor uma criança da classe de alfabetização que vê escrito "up" e tem que ler "ápi"; que enxerga "Honda" e tem que falar "rronda"; para quem "Nike" tem que valer "náiqui" e "babaloo", "babalu". Sem falar nos *games*, *shopping*, *funk* e por aí afora.

Não sei se Portugal e Espanha têm leis defendendo a língua e a cultura nacionais contra essa terrível ameaça. Mas, nas oportunidades que tenho, principalmente através da tevê a cabo — esse um luxo um pouquinho mais caro —, observo que nesses países, e mesmo em alguns outros da América hispânica, as palavras da moda vindas do inglês não são assimiladas com a facilidade brasileira. Aliás, assimilar nem é bem o termo: aqui, elas entram sem pedir licença e o nosso pessoal não se dá ao trabalho nem de mastigá-las e salivá-las, colocando-as do nosso jeito para engoli-las depois.

E aí eu me pergunto quando é que vai surgir um projeto de lei, uma ação parlamentar para obstaculizar essa ameaça. Será que ninguém mais aqui tem disposição para botar o dedo nessa ferida? Será que o Ministério da Educação não está sentindo que a língua brasileira está perdendo o caráter e virando outra coisa?

Quase à beira de um ataque de nervos, sou consolado pelo professor Araken, o maior filólogo vivo de Vila Isabel:

— Os Estados Unidos também estão com problemas nessa área. Os funcionários do Departamento de Censo e Estatística encontraram mais de trezentas variações da língua inglesa faladas por pessoas acima de 5 anos. Sem falar no *ebonics*, como é chamado agora o dialeto dos afro-americanos.

Mas, veja bem, caro leitor: uma coisa é você pegar sua própria língua e usá-la de acordo com sua conveniência e seu conforto, abandonando certas flexões verbais, suprimindo sílabas de palavras etc.; outra coisa é o seu filho aprender uma gramática e uma ortografia e depois ver, na rua e na televisão, que o que a escola diz não se escreve, e que hoje, para quem sabe ler, um pingo nem sempre é uma letra. E, além do mais, compadre, parece que até agora, lá, a língua japonesa ainda não é uma ameaça!

É nesse pedaço da conversa que o velho Araken coça a barriga, semicerra os olhos e suspira, bilaquiano:

— Última flor do Lácio, inculta e bela,/ És, a um tempo, esplendor e sepultura.*

Só que o Raimundo, coitado, não entendeu bem o espírito da coisa e gritou pra copa:

— Sai uma flor de lótus aqui pra mesa 10. No capricho!

---

* Primeiros versos do famoso poema "Língua portuguesa", de Olavo Bilac.

Fazer o quê?

O linguajar do povo carioca, ao longo dos anos, tem criado palavras, frases e modos de dizer, sem dúvida, definitivos em sua expressividade. Ou o leitor conhece expressões recentes mais exatas para comunicar o que pretendem do que a desdenhosa "é ruim, hein!", sempre acompanhada do competente muxoxo, ou a exclamativa "brincadeira!", pronunciada sempre com expressão de incredulidade?

Ouço, agora, surgir nos ônibus dos subúrbios e da Baixada, nos trens da Central e nas lancinantes reportagens sobre o violento cotidiano dos despossuídos, uma outra frase, definitiva em sua confissão de impotência diante do grande descalabro em que se transformou este país: "Fazer o quê?"

Ligo o radinho, corro o *dial*, **AM** pra lá, **FM** pra cá, e só consigo sintonizar emissoras religiosas, algumas travestindo de pop sofisticado suas mensagens de conversão dos infiéis. Fazer o quê?

Abro um jornal, vejo anunciado um show no exterior com a "realeza do samba" e constato que se trata de um grandioso espetáculo de superestrelas brasileiras que pouco ou nada têm a ver com nosso ritmo ancestral. Fazer o quê?

Ligo a tevê no canal hegemônico e vejo mais uma novela cheia de loirões e louraças nos papéis centrais e de coadjuvantes. Lá atrás, vai um pretinho passando com uma bandeja na mão, quem sabe esperando um papel melhor na próxima novela sobre o Brasil antigo. Fazer o quê?

Passo pelos outros canais e vejo vários humoristas sem humor, apresentadores mal-apresentados, casais de "artistas" seminus se esfregando "artisticamente", roqueiros posando de intelectuais, a pancadaria comendo solta nos desenhos animados, um programa de "jornalismo" mostrando moleques algemados e encurvados pra esconder os rostos. Fazer o quê?

Com o banjo, sem capa

Naquela quarta-feira, o Fornalha acordou com uma ideia fixa: vou formar um conjunto de pagode! Dali pra Marechal Floriano foi um pulo. E daqui a pouco lá estava ele, no Bandolim de Ouro, detonando a grana do fundo de garantia pra comprar um pandeiro (daqueles grandes), um tam-tam e um repique de mão.

De noite, falou com o Timbó, cavaco esperto que já tinha tocado inclusive no Só Preto, Sem Preconceito.

— É uma boa! — topou o Timbó. — E se você quiser eu posso falar com o Sabará: ele estuda com o Arlindo, e já tá batendo um banjo redondinho.

Repique era com o Fornalha mesmo. Que se orgulhava de ter um autógrafo do Birany na última página da carteira profissional, que ainda era do tempo do MTPS, o velho Ministério do Trabalho e Previdência Social. Violão, como é instrumento de velho, ficou por conta do Ribamar, o popular Marrom, que mesmo com aquela cara redonda e aquela cintura alta tinha um molho pra samba que eu vou te contar.

Raimundo e Severino foram encarregados, respectivamente, do pandeiro e do tam-tam. Afinal, coco, xaxado e baião são, também, formas de samba. E o pagode nada mais é que um samba mais moderno.

Dos ensaios, das cifras, da organização do repertório (com muito Arlindo Cruz, Acyr Marques, Marquinhos PQD, Adilson Bispo...) até o primeiro compromisso do Ases do Pagode foi outro pulo. E foi longe, lá em Itaperuna, numa noite de domingo, com direito a hotel (sem estrelas) e tudo.

A grana ficou combinada pra segunda às oito da manhã na porta do hotel. E às 7h45 os seis já estavam lá, cara lavada, café tomado, os instrumentos lá dentro encostados num canto, esperando o faz-me-rir, o acué, a bufunfa, o primeiro cachê.

— Olha lá! Eu acho que é o cara!

— É ele, sim!

— Olha o tamanho da pasta!

— Tá recheada!

— Leitão com farofa!!!

O cara chegou, olhou os Ases do Pagode e identificou logo:

— São vocês, né?

— Somos, sim! — os seis responderam em uníssono, afinadinhos.

Aí, o cara — que era o empreiteiro da obra de reforma do hotel e confundiu a profissão da rapaziada — chamou os pagodeiros pro balcão, abriu a maleta, começou a distribuir colher de pedreiro, marreta, régua de nível, desempenadeira... e comandou:

— Você vem quebrando de lá pra cá; você levanta aquela parede ali; você remenda o emboço ali naquele canto... O material tá todo lá dentro!

A primeira raquetada quem deu foi o Sabará. Com o banjo. Sem capa.

Tanto treze quanto vinte

Tempos atrás, eu e o querido parceiro Wilson Moreira compúnhamos um samba-jongo que no final diz assim:

> *Ô Dora, tira as saias do balaio*
> *vambora festejar Treze de Maio*
> *Vem que o buião tá fervendo*
> *Depois só no mês de novembro*
> *Mês de Zumbi saravar*
> *E de parar pra pensar.*
> *O dia é tanto Treze quanto Vinte*
> *Avia, que o negócio é o seguinte:*
> *Um é feriado novo*
> *O outro é de todo este povo*
> *Vamos os dois festejar!*[*]

---

[*] Trecho de *Jongueiro cumba* (de Nei Lopes e Wilson Moreira).

O que a gente queria dizer com essa letra era, com outras palavras, e com o reforço da música e do ritmo, o mesmo que alguns historiadores já tinham dito e que é, em resumo, o seguinte:

A instituição de 20 de novembro como Dia Nacional da Consciência Negra foi um passo gigantesco dado pelo Brasil no sentido de ver legitimada uma parcela ponderável, e até então proscrita, da sua memória histórica. Desse passo em diante, e a partir da redenção de Zumbi (que deixou de ser "bandoleiro" para ganhar o status merecido de herói nacional) e de Palmares, o palco de sua epopeia (que deixou de ser "valhacouto", "covil", para receber a condição jurídica de sítio histórico), a saga dos vencidos começa a se ombrear com a dos vencedores. E os livros começaram a ser reescritos, com base em outros pontos de vista, para daqui a algum tempo outros atores principais, tidos até então como meros coadjuvantes ou figurantes anônimos, serem trazidos das coxias para a luz esclarecedora das gambiarras, para o proscênio, para a frente do palco, enfim.

Mas uma guerra se faz de várias batalhas, e um triunfo não anula o outro. Assim, a antiga atitude de certos setores da aguerrida militância negra de quererem, só porque ganhamos o 20 de Novembro, apagar o 13 de Maio do calendário histórico brasileiro era, no mínimo, uma rematada criancice.

Primeiro, porque a ideia de que a Lei Áurea foi apenas um "presente" dado de mão beijada aos negros não é correta. O engajamento de intelectuais de origem africana no movimento abolicionista não foi tão desprezível assim. O problema é que a História oficial nunca nos contou que, sem falar dos notórios Patrocínio, Gama, Rebouças, Ferreira de Menezes, Carlos de Lacerda etc., eram também afro-brasileiros, com maior ou menor percentagem de sangue africano, Tobias Barreto, Hipólito da Costa, Torres Homem (aliás, todos meus "vizinhos", como nomes de rua aqui nesta redentora Vila Isabel), além do poeta Castro Alves, do visconde de Jequitinhonha etc.

Segundo, porque o Treze — resultado também da luta das lideranças quilombolas da segunda metade do século XIX — foi o primeiro passo do negro brasileiro em direção à cidadania. E se ela não foi integralmente conquistada até hoje, a culpa é do boicote a projetos como os de Rebouças e das iniciativas de branqueamento que vieram depois.

O que é preciso, então, nas comemorações do Vinte, é salientar que o Treze não foi fruto da piedade de ninguém, mas apenas o coroamento de um processo histórico. O Ceará, por exemplo, orgulha-se ingenuamente de ter sido o primeiro estado a abolir a escravidão antes de 1888 sem entender que, empobrecendo, os coronéis não tinham como sustentar seus escravos e, então, livravam-se deles de qualquer jeito. Pelo contrário, aqui em Campos dos Goytacazes, no Rio de Janeiro, o pau comeu feio até depois de 1888 porque o município era próspero e os fazendeiros não queriam ficar no prejuízo.

Por fim, saliente-se que o Treze, com todo o seu conteúdo simbólico e espiritual, completamente diferente do Sete de Setembro, do Quinze de Novembro e de outras efemérides, é a primeira data realmente do povo negro e não de uma elite, de uma categoria profissional, de um local, ou coisa que o valha. E aí a matemática, que a vovó Maria Conga, o pai Joaquim de Aruanda, a vovó Cambinda e outros mestres ensinaram pra gente é a seguinte: Treze é igual a Vinte!

Ê, barca, me leva pra Paquetá!

Com um abraço no Martinho

Naquela noite, é claro, ninguém dormiu. A rapaziada da Ala dos Impossíveis, por exemplo, resolveu emendar: foram os quinze, uniformizados, tudo de calça branca, sapato branco e camisa azul-piscina pra uma brincadeira em Turiaçu.

Já seu Antenor, seu Galdino, seu Cipriano e seu Benedito — turma da pesada da Velha Guarda e da Resistência dos Trabalhadores em Trapiches de Café — preferiram ficar jogando sueca. E era cada renúncia que Deus me livre, temperada, cada uma delas, com um golinho da que incha, da que passarinho não bebe, daquela que matou o guarda.

Odaléa, coitada, ficou dando duro: era tanto cabelo esticado, esticando e pra esticar, que o cheiro da vaselina no ferro quente tomava todas as casas da avenidinha e chegava lá fora no boteco do Arlindo apinhado de gente.

Porque o Arlindo também não fechou naquela noite. E tome de samba em berlim, de *fernet*, de catuaba. E tome de pau-pereira. E de pagode, cada um mais invocado que o outro: "Foi numa ala de compositores/ que eu a conheci/ Enquanto eu cantava a melodia/ ela simplesmente respondia/ Larararara/ E foi naquele dia..." Bonito!!!

Lá fora, debaixo do poste de luz, a ronda virava baixo. E toda hora quase saía porrada, que ronda é um jogo danado pra dar encrenca. Mas uns e outros aliviavam, que o importante era amanhã, 7 de setembro, o monumental piquenique na aprazível Ilha de Paquetá, mais uma inesquecível promoção das alas "Vê se me Entende" e "Embaixadores de Ébano".

Dona Veva, tia Zica e dona Maria da ponte estavam no lesco-lesco desde de tarde. A tia Zica, com o rolo, esticava a massa em cima da farinha de trigo. Dona Maria cortava redondo, botava o recheio — carne, palmito e camarão, com pimenta e sem pimenta —, fechava dobrando em D e arrematava fazendo aqueles risquinhos com a ponta do garfo. E dona Veva só fritando as crianças!

Enquanto isso, seu Aurélio, lá nos fundos, caprichava nas batidas, cada qual mais cada qual: tangerina, tamarina, carambola, maracujá pra acalmar a rapaziada, limão para quem estivesse constipado... Tudo isso e mais leite de onça, calcinha de náilon, groselha... eram bem uns vinte litros! E essa era a maior vaidade do seu Aurélio: fazer a melhor batida de Rocha Miranda — do limão ao damasco — e não botar uma gota de álcool na boca, nem como abrideira nem no ajantarado de domingo.

Mas no Cabaré do Calça Larga é que o papo rolava mais gostoso. Porque, mesmo que a gente saiba que saudade é acima de Barra Mansa, quem tinha razão mesmo era o poeta que disse que recordar é viver.

— Me lembro como se fosse hoje. Ele plantou, eu vim pequenininho, na maciota, mandei a perna, ele balançou e se estabacou no chão. Foi a primeira vez que o Marrom caiu. Ah, meu trato, aí eu cresci, né? E o pessoal da minha ala só lá, mandando ver na batucada: "A polícia vem que vem braba/ quem não tem canoa, cai n'água." Aquilo é que foi piquenique!

— E tu sabe que nesse dia foi que eu ganhei essa aqui? A gente já se olhava e tal, no trem, no samba... né, crioula? Mas ela falava com o Jaburu nessa época e aí nem dava pra chegar... né, comadre? Mas nesse dia, com umas antarcticas na ideia, eu cheguei e fui logo tocando: "O negócio é o seguinte, pororó pão duro e coisa e loisa." Aí já viu, né?! E hoje é isso aí... né mesmo, nega velha?

— É isso aí! Mas naquela época eu era bonitona, não era assim gorda desse jeito. E sempre gostei de me arrumar legal.

— E tu lembra da gente voltando na barca, você morgadona no meu ombro?

— É... enfiei o pé na jaca...

— Ah! Mas valeu!

— É mesmo, parece que foi ontem.

— E o seu Casemiro, que caiu da charrete?

— Mas também! Com o pé queimado do jeito que ele tava!?

— É... tava prejudicado mesmo.

— Chamando Jesus de Genésio e urubu de meu louro!

— Aquele piquenique foi demais!

— Taí! Eu já me amarrei mais naquele passeio marítimo, lembra, Noca?, o Mocanguê...

— Aquele navio sacudia muito!

— Ah! Mas e o conjunto! Pomba! Mandava cada melodia!

— E eu te ganhei foi naquela hora do suingue, não foi, nega?

— Eu, hein, Válti?! Deixa de ser convencido! Vê lá se eu te dei confiança? Dançar eu dancei, sim, mas sem sacanagem!... Seu bobalhão!

— Mas Paquetá é que é jogo! Eu já fui a uns vinte piqueniques. Da Portela, do Salgueiro, do Império, da Mangueira...

— Os bacanas é que não parecem gostar muito, não!

— Eu estou me lixando pros bacanas!

Nessa altura dos acontecimentos, já era quase uma da matina. E o leitão ainda recebia os últimos retoques de hábeis e dedicadas mãos, na casa do casal mais tranquilo, mais harmonioso, mais gente fina do morro e da escola: Geraldo e Luzia.

Geraldo de Aquino Rosa, 44 anos, natural de Natividade de Carangola, estado de Minas Gerais, era um homão deste tamanho, com um coração de criança. Funcionário da Estrada — bilheteiro na Estação Magno —, ia à missa aos domingos, tomava lá a sua cervejinha em dia de festa, fumava menos de uma carteira de cigarros por dia e, o que é mais importante, não deixava faltar nada em casa. Tanto que no seu barraquinho de pobre, como gostava de dizer, Luzia tinha de um tudo, do bom e do melhor, inclusive ventilador. E até geladeira.

Luzia Conceição era um capricho só. Sempre alinhada, não dizia um nome feio e era muito prendada nos seus crochês, tricôs, decapês, arranjos de flores e bolos confeitados. E, naquele 7 de setembro, o leitão ficara por sua conta.

Mas aquilo não era mais leitão: parecia um bezerro, de tanta lavagem, tanto farelo, tanto remoído que seu Anescar tinha dado para ele comer. Tanto que foi preciso chamar o Sódio, o Bagdá e o Valdemar Índio pra ajudarem a matar o bicho.

E agora lá estava ele, naquela travessa enorme que quase não cabe no forno da padaria; lá estava ele, a batata inglesa na boca, deitado eternamente em seu berço esplêndido de folhas de alface, ao som de pagode que agora rolava lá fora ("Ê, barca, me leva pra Paquetá") e à luz da lâmpada de cem velas que o Geraldo tinha trocado, para clarear mais a cozinha.

O bucho do bicho estava um luxo: farofa de ovo na manteiga, linguiça, paio, torresmo, uva-passa, maçã, azeitona preta... que Luzia era catreta também na hora de rechear um porco assado!

No Cabaré do Calça a saudade continuava rolando. E apertou mais ainda quando o pessoal da Boca do Mato — de cavaco, cuíca e pandeiro — chegou cantando: "Num ambiente de animação/ do cais se distanciava/ uma embarcação./ Cortando as águas fortes da baía/ a Paquetá se dirigia/ La ra ra ra ra ra..."

Aí, o Devagar, sargento-burocrata do Exército, servindo no Ministério da Guerra, e que era o autor do samba, mandou a segunda, todo meloso: "Era um domingo cheio de sol/ e um poeta cantava como um rouxinol/ samba quente batido na mão/ com o balanço da embarcação..."

Neste pedaço, e toda vez era isso, o Garça abriu a boca sem dentes pro seu compadre Chuva, num riso moleque — os dois só tocavam assim, um lendo os acordes nos olhos do outro — e os dois mandaram ver, numa baixaria invocada, fazendo dueto, vai-não-vai, cai-não-cai, voltando de novo e entregando de bandeja pro sargento meter lá: "Do outro lado do cais/ uma charrete transportava casais/ Já ia alta a manhãzinha/ todos se destinavam/ à Praia da Moreninha..."

Devagar eram os quindins das pequenas. Simpático, boa-pinta, bom emprego, bom papo, com aquela malemolência toda, já viu, né?! Tudo quanto era rabo de saia pintava, ele dizia um "picilone" e se dava bem. E não tinha essa de esnobar, não! Podia ser feinha, bonitinha, um peixão, um pedaço, branca, negra, gorda, engraçadinha, de fechar o comércio... era mulher, era com ele mesmo. Inclusive ali, no Cabaré, naquela hora, tinha umas quatro que ele já tinha... Sabe como é, né? E ele só dizendo a melodia: "No Clube, um bar, muita bebida/ samba na batida, animadas palestras/ ao som de uma grande orquestra..."

A Lurdinha suspirava. A Regina, nervosa, levantava pra ir lá dentro. E o sargento, sestroso, deu o tiro de misericórdia: "Na volta, uma gaivota voando/ todo mundo cantando/ a maresia.../ e eu apertando em meus braços/ meu bem que dormia..."

Aí a Edineuza, a Edimar e a Edinir tiveram um troço.

Mas tudo logo serenou, que já passava de seis horas da manhã e o pessoal já começava a chegar na Praça Quinze. Os coroas, tudo invocado, de terno de linho, caroá e albene, camisa de seda, sapato de duas cores da Faceira do Campo de Santana e chapéu de panamá do Moisés da Senador Pompeu... As comadres tudo na tule de náilon e no tafetá... A gurizada de calça de veludo (ou bunda de fora) e o sapato de verniz... E a rapaziada no bom chinelo cara de gato e quase todo mundo de blusão azul e calça branca.

Já na barca (Martim Afonso ou Itapuca?), às sete em ponto, o pagode começou. E quem não tava ainda a fim de pagode jogava ronda, tirava onda, ou brincava de passar o anel. Mas o samba comia solto, com o Galo Cego já metendo bronca no trombone e o Djalma Camelo só floreando no sax tenor: "Ê, barca, me leva pra Paquetá!" Já pensou?! Partido-alto com trombone e sax, meu camarada!

Daqui a pouco, de repente, num instantinho, seu Antenor, com aquele vozeirão, avisou:

— Olha aí, gente! Tamo chegando! Cuidado com as crianças, com as bolsas e com o farnel! E a volta é na barca das cinco, hein?!

A barca devagarinho encostando, Luzia com as bolsas já se preparando pra saltar, Geraldo na frente dela, abraçando a pesada travessa de leitãozinho recheado e coberto com uma imaculada toalha de linho branco... aí, ah, meu camarada, nem te conto... de repente me sai um pau daqueles.

A barca devagarinho encostando, atracando, a moçada se atracando também, mulher gritando, criança chorando, malandro manda a garrafa, o outro fica pequenininho, fulano manda o braço, sicrano sai da frente, o tapa pega em cheio na cara do Geraldo Aquino Rosa, coitado, que não tinha nada a ver com isso, Geraldo se desequilibra, tchibum, Luzia grita:

— Ah, minha santa mãe! O porco!

E lá vai o leitãozinho, impávido colosso, todo recheado de farofa, azeitona, toucinho, o escambau, a batata na boca, singrando as águas turvas na baía e voltando pra Praça Quinze, pra casa, que ele não é trouxa!

Até época bem recente, ocorriam invasões domingueiras de certos famosos piqueniques promovidos por determinadas e específicas associações dos "morros". Periodicamente, despejavam-se sobre a ilha verdadeiras hordas ruidosas, a semear sobressaltos da população local e causar apreensões à polícia. Felizmente, para sossego dos moradores, essas invasões indesejáveis, que só interessavam aos proprietários de botequins, cessaram com a acertada interdição, decretada pelas autoridades, do "parque" da Moreninha, onde se realizavam os vergonhosos piqueniques.[*]

---

[*] COARACY, Vivaldo. *Paquetá: imagens de ontem e de hoje.* Rio de Janeiro: José Olympio, 1965, p. 12.

O requinte da requinta

O Conjunto dos Músicos, na Zona Norte carioca, é um núcleo habitacional criado, é claro, para os profissionais da música e onde morou (e mora) muita gente importante, como dona Ivone Lara, Zé Kéti e tantos outros. Músico, como você sabe, tem sempre uma história pra contar. E esta quem me contou foi o Pirulito, irmão do Ré Menor, ambos trompistas da Sinfônica.

Pirulito tinha parentes no norte do estado do Rio, lá pros lados de Itaperuna. E, entre eles, um que, segundo voz corrente na família, era um músico excepcional.

Um dia, tendo a oportunidade de ir até lá, em gozo de merecidas férias, o Pirulito quis conhecer o primo virtuose.

— O que é que ele toca? — perguntou no trajeto, sacolejando na kombi, em demanda da cidadezinha onde morava o músico.

— É aquele canudo preto, cheio de arame e botãozinho! — respondeu o cicerone.

Chegando lá, depois das boas-vindas de estilo, trouxeram o "benigúdman".*

— E aí? Não vai tocar um negocinho pra gente, primo?

O clarinetista negaceou, parecendo que fazia doce... E o Pirulito já pensava estar diante de mais um desses tantos mascarados que a gente conhece por aí. Até que, depois de muita insistência da mãe, o "artixól"** foi lá dentro e voltou com uma estante, partituras e o estojo preto.

Armou o tripé, ajeitou os papéis, abriu a caixa, encaixou as partes do clarinete (que não passava de uma requinta), graduou a palheta e meteu bronca.

Só que ele inflava as bochechas, soprava uma ou duas notas e parava, olhando a parte e marcando o compasso com o pé. Duas notas, uma pausa. Outra nota, outra pausa, até que na terceira virada de página o Pirulito não aguentou:

— Que música é essa, primo? Diferente...

— É o dobrado *Professor José Alves*, de autoria do maestro Mororó de Andrade... É muito bonito!

— Mas é assim mesmo? Só essas notinhas?

— Nááãooo, primo, tem muito mais coisa! É que eu só sei tocar a minha parte do arranjo...

---

* O americano Benny Goodman (1909-1986), filho de imigrantes judeus da Polônia, foi um renomado clarinetista e músico de jazz, conhecido como o "mestre do swing".
** O americano Artie Shaw (1910-2004) foi um importante compositor e clarinetista.

Sambalelê e Pai Francisco

Sambalelê tá doente: tá com a cabeça quebrada. E sua performance, ontem, em nossa roda, deixou muito a desejar. Aliás, tem gente dizendo que Sambalelê precisava era mesmo de umas boas lambadas, pra voltar a sambar na barra da saia como nos velhos tempos. Mas ela, a nossa linda rosa juvenil, desta vez foi apenas mais uma vítima do arbítrio e da truculência. Porque a roda, ontem, girou foi assim:

Tudo começou quando Pai Francisco — cravo branco na lapela, que é sinal de casamento; e roupinha de veludo para quem ficar vovó — entrou na roda, tocando seu violão e se requebrando todo, feito um boneco desengonçado.

Ah, Constância, bela Constância! Nem te conto! A casinha de bambuê, cercada de bambuá, veio abaixo: era palma, palma, palma, era pé, pé, pé! E o pessoal incentivava o velho Chico:

— Olelê, olalá! Toca a viola que eu quero dançar!

Ah, que noite tão bonita! Ah, que céu tão estrelado! A crioula que veio da Bahia ficou tão animada que pegou a criança e jogou na bacia. Os escravos de Jó, que jogavam caxangá, interromperam a rotina do seu tira-bota, deixaram o Zambelê ficar, e caíram no samba, fazendo tic-tic-tic-tá, guerreiro com guerreiro. Seu Joaquim-quirinquim, da perna torta-tatá botava pra quebrar com a Maricota-tatá... E a coisa ia tão animada que até Terezinha de Jesus resolveu entrar no samba. Coitada! Sem sal como ela é, acabou foi dando uma queda e indo ao chão. Sorte que eu estava por perto e, como bom cavalheiro, e com mais dois colegas, a acudi — na mão aquele chapéu azul e branco que eu fui buscar na Espanha.

Mas tem sempre um desmancha-prazeres. E foi então que veio de lá o racista do seu Delegado, que mandou parar o samba, grampeou o Pai Francisco e falou assim pra roda:

— Eu fui no Tororó beber água e, passando por detrás da bananeira vi um preto com uma preta (oh, que "linda" brincadeira) e imaginem quem era? Era este velho safado aqui; e a preta era a Preta lá de Lisboa (nariz de broa!). E os dois estavam, digamos assim, "jogando as cartas" (que coisa boa!), hein?

O samba parou. Mas o veterano sambista, debochado como ele só, continuou se requebrando feito um boneco desengonçado. E, fazendo que não era com ele, agarrou a Preta pela cintura e perguntou:

— Ô, crioula, você quer ser freira?

A Preta, que também não era mole, deu uma tremenda gargalhada e, com aquele seu sotaque carregado, disse que preferia se casar. O veterano, então, incentivado pela formosa luso-africana, emendou uma segunda de força:

— Então, vamos passear no bosque enquanto seu lobo não vem.

Acontece que Lobo (dr. Lobo) era o nome do Delegado, que resolveu dar uma decisão no Velha Guarda:

— Olha aí, ô malandro, caranguejo não é peixe, caranguejo peixe é, caranguejo só é peixe na enchente da maré!

Nessa altura da ciranda, o ambiente já estava tenso demais. E Sambalelê, a linda rosa juvenil, se encolhia toda debaixo de uma sacada, gemendo baixinho:

— Eu chóri-chóri-lá...

Mas o pai de Sambalelê não se intimidava. E, ainda todo se requebrando, respondeu ao Delegado:

— De abóbora faz melão, de melão faz melancia, seu tira bobalhão!

— Ai, ai, ai, minha machadinha — rosnou o agente da lei, que já completamente transtornado começou a dar bordoada a torto e a direito. — Roda, pião, bambeia, pião! Se não for o da frente, há de ser o de trás! — E era só passaraio que voava.

Mas foi aí que a canoa virou: o cravo brigou com a rosa, e eu entrei na roda, eu entrei na roda-dança, roubei a filha da cega e atirei o pau no gato, meu pai amarrou meus olhos (mas mesmo assim eu vi uma barata na careca do vovô, que, na verdade, não era barata, era uma gata rebichada na boca de jacaré), o gato comeu meu pão e não me deu, a carrocinha pegou três cachorros de uma vez...

E Pai Francisco, coitado, pobre, pobre de marré de si, e ainda por cima preto e músico, foi de novo pra prisão.

As escolas de samba vêm do tempo de dom João Charuto

Os historiadores do Carnaval brasileiro costumam ver as origens remotas da festa na Roma Antiga, como contou a Beija-Flor, há alguns anos. Mas o fato é que os festejos, embora atrelados ao calendário católico, têm também, sob alguns aspectos, raízes na África negra, encontrando similares em várias culturas africanas.

Em Gana, por exemplo, entre os povos Akan (fantis e axantis) é comum a realização de um grande festival anual, o *odwira*, seguido de um longo período de recolhimento e abstinência, como na quaresma. Certamente devido a essa similitude, as celebrações carnavalescas nas Américas devem sua alegria e seu brilho, fundamentalmente, à música dos afrodescendentes. Assim foi, e é, nos ranchos carnavalescos, nas escolas de samba, nos afoxés, nos blocos afros etc. no Brasil; e no candombe platino; nas comparsas cubanas; no mardigras, nas Antilhas e em Nova Orleans.

Nas Antilhas, o Carnaval foi introduzido pelos católicos franceses, que costumavam estendê-lo por um bom tempo antes de enfrentarem os rigores da quaresma, sendo que, na Martinica, o costume foi adotado por volta de 1640. Isolados pela sociedade dominante, os escravos uniram-se para celebrar o Carnaval à sua moda, com a música e a dança de sua tradição, introduzindo, na festa europeia, além de seus instrumentos, suas crenças e seu modo de ser. As festividades do Carnaval martiniquenho, o *kannaval*, expressam-se em um peculiar estado de espírito, transmitido de geração a geração. A cidade de Saint Pierre foi, durante muito tempo, o ponto culminante da festa na ilha, tendo sua fama se estendido por todo o Caribe, atraindo a cada ano milhares de visitantes de todo o mundo.

Depois da devastadora erupção vulcânica de 1808, a tradição carnavalesca reviveu em Fort-de-France, a nova capital, onde, hoje, os preparativos têm início na epifania, em meados de janeiro, quando o povo começa a se animar, e se estendem até a quarta-feira de cinzas. Durante esse período e no Carnaval propriamente dito, a cada domingo, grupos fantasiados saem às ruas em trajes variados: casacos velhos, trajes fora de moda, chapéus rasgados, bem como fantasias brilhantes e coloridas de arlequins, pierrôs e diabos. As máscaras também têm lugar destacado na festa. E além das que homenageiam ou criticam personalidades do momento, como artistas, políticos etc., há as relacionadas à morte, cheias de simbologias africanas — das quais Aimé Césaire encontrou o significado em rituais da região de Casamance, no norte do Senegal. No Haiti, de um modo geral, o Carnaval é celebrado dentro desse mesmo espírito e com traços semelhantes aos carnavais do Brasil, de Trinidad e da Louisiana. Em Porto Príncipe, capital do Haiti, o visitante vai encontrar os mesmos desfiles, festas e fantasias criativas que se veem nesses lugares.

No Brasil, desde pelo menos o início do século XIX, a participação do povo negro nos folguedos carnavalescos sempre foi marcada por uma atitude de resistência, passiva ou ativa, à opressão das classes dominantes. Proibidos por lei de, no entrudo, revidarem os ataques dos brancos, africanos e crioulos — como eram chamados os descendentes de africanos nascidos nas colônias europeias na América — procuravam outras maneiras de brincar. Tanto assim que Debret, entre 1816 e 1831, flagrava uma interessante cena de Carnaval em que um grupo de negros, fantasiados de velhos europeus e caricaturando-lhes os gestos, fazia sua festa, zombando dos opressores e criando, sem o saber, os cordões de velhos, de tanto sucesso no início do século XX.

Entre 1892 e 1900 surgem no Carnaval baiano, pela ordem, a Embaixada Africana, os Pândegos D'África, a Chegada Africana e os Guerreiros D'África, apresentando-se em forma de préstitos constituídos única e exclusivamente de negros. Essa modalidade carnavalesca ("a exibição de costumes africanos com batuques") é proibida em 1905 na Bahia. Exatos dois anos depois, surge no Rio de Janeiro o rancho carnavalesco Ameno Resedá, que pretendendo "sair do africanismo orientador dos cordões" (como disse Jota Efegê) conquista, com seus enredos operísticos, um espaço importante para os negros no Carnaval carioca, cimentando a estrada por onde, mais tarde, viriam as escolas de samba.

Mas a gênese do Carnaval negro brasileiro talvez esteja mesmo em 1808, no Rio de Janeiro, quando das festas em homenagem à família real que aqui chegava. Vejamos esta descrição dos viajantes John e William Robertson, transcrita no precioso livro de Mary C. Karasch, *A vida dos escravos no Rio de Janeiro: 1808-1850* (Companhia das Letras, 2000):

> Em frente avançavam os grupos das várias nações africanas para o campo de Sant'Anna, o teatro de destino da festança e da algazarra. Ali estavam os nativos de Moçambique e Quilumana, de Cabinda, Luanda, Benguela e Angola [...] A densa população do campo de Sant'Anna estava subdividida em círculos amplos, formados cada um por trezentos a quatrocentos negros, homens e mulheres. Dentro desses círculos, os dançarinos moviam-se ao

som da música que também estava ali estacionada [...] Um mestre de cerimônias, vestido como um curandeiro, dirigia a dança [...] Oito ou dez figurantes iam e vinham no meio do círculo, de forma a exibir a divina compleição humana em todas as variedades concebíveis de contorções e gesticulações. Logo, dois ou três que estavam no meio da multidão pareciam achar que a animação não era suficiente, e com um grito agudo ou uma canção, corriam para dentro do círculo e entravam na dança. Os músicos tocavam uma música mais alta e mais destoante; os dançarinos, reforçados pelos auxiliares mencionados, ganhavam nova animação; [...] o firmamento ressoava com o entusiasmo selvagem das [sic] clãs negras.

Que tal? Digam se não parece que foi aí que nasceram o diretor de harmonia, a bateria, as pastoras? Hein?

Álbum de figuras

Nelson Cavaquinho, João Gilberto e os cavacos do ofício

Algum tempo atrás, um dos canais de TV por assinatura de que dispomos exibiu um primoroso documentário sobre Les Paul, o guitarrista americano que reinventou a guitarra e criou a gravação em múltiplos canais de áudio. Emocionamo-nos diante do que víamos e principalmente ouvíamos, com Mary Ford, a *partner* do gênio, cantando *World is Waiting for the Sunrise*. Embevecidos com aquela voz multiplicada, como um harmonioso coral, lembrávamos que aquilo tudo tinha chegado à nossa adolescência "irajaense" pelas mãos de outro gênio, o nosso irmão Dica — que naquele momento já estava esperando por uma nova alvorada, caminhando em direção ao infinito, o que logo depois se consumou.

Dica (Waldyr Braz Lopes, 1927-2011) foi um gênio em tudo o que fez. Com a camisa 5, foi o maior craque de futebol do nosso universo, sendo por isso chamado "Professor". Foi o maior desenhista de uma família de grandes, embora anônimos, artistas do traço e da escultura. Foi um grande ator, impagável no seu papel anual de "Coroné", em nossas festas juninas. Foi o maior e mais hábil confeccionador de "maria--preta", aquele inexplicável objeto voador que, feito de uma folha de jornal dobrada, incendiada e carbonizada, subia aos céus soltando fagulhinhas, para alegria dos sobrinhos do "tio" Dica. E também por artes dele foi que o inesquecível Nelson Cavaquinho morreu achando que o sambista Nei do Salgueiro era o maior cavaquinista acompanhante que ele conhecera.

O caso foi que no domingo, 26 de maio de 1975, o Nelson, autor de *Flores em vida*, tresnoitado, cabelos prateados convenientemente desgrenhados, camisa "social" aberta e esculachada, pés à vontade nos chinelos velhos, baixou no Irajá, no aniversário de 75 anos de dona Eurydice, a querida matriarca da família. Pagode comendo solto, o bardo do Jardim América passou o domingo inteiro cantando, tocando e se maravilhando com as harmonias precisas daquele cavaquinho que tocava em dupla com o do Jair. Cantava, fazia uma baixaria, tomava mais um gole e sorria feliz — pois não há nada melhor que fazer música bem-acompanhado. E, na cabeça do grande Nelson, a mente "embrameada" e "domecqueada", aquele cavaco esperto era o Nei, parceiro do Bessa, filho da adorável Nair. E assim ficou estabelecido. Para todo o sempre.

Mal sabia ele que o músico virtuoso era o Dica. Que era bom de cavaco e também de violão. Que ouvia discos de jazz e de precursores da bossa-nova, como Dick Farney e outros bacanas, além do choro nosso de cada dia. E que era acima de tudo um grande filho, irmão, marido, pai e amigo.

Alguns anos antes daquele domingo, o irmão caçula, recém--formado em Direito e regularmente inscrito na OAB, pedia a ele uma vaguinha no escritório de Vista Alegre. Lá, Dica (que tinha trocado, com sucesso, a pena refinada de exímio retratista e caricaturista pelo desenho técnico de arquitetura), ao lado do despachado Manuelzinho, mantinha uma vasta clientela. E lá, com esse empurrão fundamental, foi que o irmão botou banca (no sentido forense).

Coração de ouro, o "professor" ajudou muita gente. Em todos os sentidos. E é principalmente por isso que sua ausência deixa uma lacuna deste tamanho.

Por todos os seus dotes naturais e sua inteligência privilegiada, aliados a uma tranquilidade zen, ele poderia, sem favor algum, ter sido uma celebridade. De verdade. Mas não foi isso que o Destino quis pra ele.

As Alturas quiseram que ele fosse assim como foi. E nos deixasse como nos deixou. Saindo de fininho, dormindo, subindo ao céu levezinho como uma maria-preta, para chegar lá do outro lado com uma bronca, sacana:

— Ô, Seu Nelson! Vê se da próxima presta mais atenção! O Nei não aprendeu nem os acordes de dó maior que eu tentei ensinar a ele. Aquele cavaquinho era o meu!

* * *

Tonga (Sebastião Braz Lopes, que se foi quatro dias depois do Dica, aos 79 anos de idade) também deixa marcas muito fortes. Principalmente no amor que dedicava à família, e no orgulho que tinha dela.

Seu prazer em levar amigos e colegas de trabalho às nossas festas engendrou experiências pioneiras. Uma delas foi ouvirmos, na década de 1950, em primeiríssima mão, o samba *Primavera*, obra-prima de um certo Nelson Sargento que nem sonhávamos conhecer.

Quem o lançou no quintal do Irajá foi o Baú, malandro engraçado, cheio de chinfra, mangueirense companheiro de trabalho do nosso Tonga. Como companheiro de trabalho e frequentador do nosso quintal foi também um certo Jaime Silva, responsável pela confecção dos sapatos pretos de cromo alemão com que adentramos uma certa igreja, no duplamente fatídico ano de 1968.

Tonga trabalhava na fábrica de calçados do Exército, ali no Rocha. Foi um dos incentivadores e diretores do bloco carnavalesco da "repartição" (Estabelecimento Central de Material de Intendência), a qual era pródiga em grandes sambistas. E nesse bloco foi que estreamos como passistas, na avenida Rio Branco, no Carnaval de 1962, em pleno vestibular, mas tranquilo, pois a aprovação já estava no papo.

Jaime Silva era sambista, da Unidos de Rocha Miranda, dava força ao bloco, mas não participava. Afinal, já tinha gravado *O pato* ("vinha cantando alegremente") e pegava mal pra um compositor da bossa-nova gravado pelo João Gilberto — embora negro, sapateiro e da Linha Auxiliar — sair num bloco de repartição pública.

* * *

Meus irmãos Dica e Tonga deixaram grandes lembranças e muita saudade. Mas tudo isso "faz parte". São cavacos deste ofício.

Candeia e o sonho

Todo dia 17 de agosto eu me lembro.

Se vivo fosse, o grande sambista Candeia (Antônio Candeia Filho, 1935-1978) estaria fazendo aniversário. Com um tremendo pagode, é claro, regado a mil brahmas e limões, camarão à bretanha (feito pelo Mano Bretas) de tira-gosto e um violento mocotó, preparado pelas divinas mãos de dona Leonilda. Mas o destino não quis esse pagode. Porque, em novembro de 1978, Candeia se foi, deixando o rastro luminoso de seu talento e de sua liderança.

Pertencente à segunda geração de portelenses históricos, Antônio Candeia Filho nasceu no subúrbio de Osvaldo Cruz. Filho de seu Candeia, componente da Ala do Cacete, ainda moleque, com apenas 17 anos, em parceria com Altair Prego, vencia o concurso para escolha do samba-enredo *Seis datas magnas* com que a tradicional escola da águia se apresentaria no Carnaval de 1953. E, a partir daí, venceria também os de 1955, 1956, 1957, 1959 e 1965.

Em 1957, integrando a Ala dos Impossíveis, Candeia e seus companheiros — como estratégia para disfarçar a deficiência de suas fantasias — criam, durante o desfile, uma coreografia espetacular, com passos sincronizados e cruzamento das espadas que compunham a indumentária. O resultado desse recurso foi a contratação do grupo pelo produtor Carlos Machado para integrar o elenco de um show, em vitoriosa temporada na célebre boate Night and Day.

O gosto pelo *show business* leva o nosso focalizado a organizar Os Mensageiros do Samba, conjunto vocal-instrumental que pode ser considerado o precursor de todos os outros grandes grupos do gênero. Mas já que o trabalho como compositor e intérprete não lhe garantia o necessário sustento, o cidadão Antônio Candeia Filho foi ser, "de dia", funcionário da burocracia pública e, depois, policial — severo mas justo, dizem alguns; violento e arbitrário, dizem outros.

Os anos de polícia foram tempos de absoluta dualidade: a poesia e o mundo cão, o pagode e a blitz, o amor dos amigos e a bronca dos desafetos, a flor e o espinho. Até que veio a aprovação no concurso para o cargo, mais *light*, de oficial de Justiça. Aprovação regiamente comemorada, com muito samba. Mas, já dia claro, na saída da festa, numa briga de trânsito, a bala na espinha começava a escrever outro capítulo. Era o dia 13 de dezembro de 1965.

Preso à cadeira de rodas, Candeia deixa de ser apenas o inspirado compositor para ser, agora mais ainda, o líder, o mentor, o organizador. Dez anos depois do fatídico tiro que o vitimou, juntamente com importantes sambistas, jornalistas e amigos, funda o Grêmio Recreativo de Arte Negra e Escola de Samba Quilombo.

Criado com o objetivo expresso de se opor à nova "filosofia" que já tomara conta das escolas nos anos 1970, o Quilombo foi, antes de tudo, um núcleo de resistência contra a colonização cultural e de irradiação de conteúdos afro-brasileiros. Lá, Candeia mergulha na memória coletiva para trazer à tona o jongo, o afoxé, o maracatu, a capoeira — essas artes ancestrais. E, em sua gostosa casa de Jacarepaguá, entre um e outro dos pagodes quase semanais, publica um livro (*Escola de samba, árvore que esqueceu a raiz*, de 1977, em coautoria com Isnard Araújo) e deixa inédita uma monografia sobre Paulo da Portela. Além disso, produz discos de samba, jongo e cânticos rituais; organiza shows, põe a escola na rua afirmando, em todas essas iniciativas, a força e a clareza de suas posições, até que morre, a 16 de novembro de 1978, deixando um enorme edifício apenas nos alicerces. E hoje abandonado e em ruínas, menos de trinta anos depois.

Falando de banda: mestre Anacleto

Estava eu à toa na esquina, quando o compadrão (compadre de alto gabarito, como define o Felipão) me chamou:

— Uma das muitas coisas que irritam em certa música inconsequente que se faz hoje no Brasil é essa mania de chamar de "banda" a qualquer amontoadozinho de guitarras e teclados. Musicalmente falando, sempre se soube que banda é conjunto orquestral, em geral formado por músicos militares, à base de metais, palhetas e percussão.

Perfeito, compadre! E nem venham com essa de "banda a", "banda b", porque banda, mesmo, com B maiúsculo, é a Banda do Corpo de Bombeiros do Rio de Janeiro, organizada há cem anos por essa grande figura de músico que foi Anacleto de Medeiros.

Nascido em Paquetá a 13 de julho do ano de 1866, mestre Anacleto era filho natural de Isabel de Medeiros, crioula (negra nascida no Brasil) liberta; e afilhado do dr. João da Silva Pinheiro Freire, filantropo e médico dos pobres na bucólica ilha carioca.

Em 1875, com 9 anos, o pequeno Anacleto foi internado no Arsenal de Guerra do Rio de Janeiro, alistado na Companhia de Menores lá existente.

Aprendiz, instruiu-se em ofícios e aprendeu música — como foi comum no ensino público brasileiro até o fim dos anos 1950. Com 18 anos, em 1884, Medeiros ingressa no Conservatório de Música, aonde chega já dominando todos os instrumentos de sopro, mas tendo especial predileção pelo sax-soprano. Dois anos depois obtém o certificado de professor de clarineta.

Ao iniciar-se a última década do século XIX, Anacleto de Medeiros já é reconhecido como compositor, organizador de conjuntos e regente de raro talento. Mas é como o transformador da *schottisch* europeia em xote (masculino) brasileiro, que vai evidenciar, a partir daí, toda a sua genialidade.

Em 1896, o mestre é convidado para organizar a Banda do Corpo de Bombeiros, até então um grupo desarticulado. E, aceitando o convite, reúne cerca de trinta instrumentistas, entre eles alguns ex-colegas do Arsenal de Guerra.

A nova banda estreou em 15 de novembro de 1896, na inauguração da estação de bondes do Humaitá. Tornando-se, no Brasil, a primeira banda de música a registrar fonograficamente suas execuções, em 1902, sob a regência de Anacleto, ela gravava, para a legendária Casa Edison, diversas chapas e cilindros contendo, além dos dobrados de praxe, composições hoje clássicas do repertório do choro. E a tradição de participação em gravações foi mantida, mesmo depois de sua morte, em 1907, até o estrondoso sucesso obtido com o LP Odeon *Marchas de rancho*, no final dos anos 1950.

Falecido em Paquetá em 14 de agosto de 1907, solteiro e com apenas 41 anos, o querido Anacleto de Medeiros é muito pouco lembrado.

Algum tempo depois de sua morte, o rancho-carnavalesco Ameno Resedá incluía em seu repertório, com letra de Antenor de Oliveira, o dobrado *Jubileu*, composto pelo mestre em homenagem aos cinquenta anos do Corpo de Bombeiros. Em 1925, outro rancho, o Grêmio Infantil do Leme, saía às ruas, no Carnaval, com a marcha *A fuga dos anjos*, com melodia também de sua autoria. E vinte e oito anos após sua partida, em 1935, a antiga rua da Covanca, em Paquetá, recebia o nome de Maestro Anacleto erigindo-se, na sequência das homenagens, no local de sua última morada, um monumento mortuário eternizando sua passagem pelo mundo dos vivos.

Em 1966, o centenário de nascimento do mestre era objeto de uma tímida comemoração. E em 1980 o estúdio Eldorado, como quarto volume da série Evocação, lançava o LP *Anacleto de Medeiros*, com arranjos e regências de Rogério Duprat.

Da relação de obras do inspirado compositor existentes no arquivo da Banda do Corpo de Bombeiros em 1967 constavam apenas uns poucos dobrados, marchas, xotes etc., muito menos que os 139 títulos levantados por Ary Vasconcelos. Muito pouco!

— Miseravelmente pouco para a grandeza desse genial criador e organizador, artista refinado que o eruditismo esnobou, mas cuja memória há de sempre estar viva entre os brasileiros que sabem "como é que a banda toca" — arremata brilhantemente o compadre Pavão, bombeiro leigo e músico amador.

Rebouças, Efó e Espinguela

Tempos atrás, compadre Pavão chamava-me a atenção para um informe e uma nota social em dois grandes órgãos de nossa vibrante imprensa. Um ensinava que o presidente do Senado iria comer efó, "um doce baiano", e o outro alardeava que o genial músico Paulo Moura iria fazer, no cinema, o papel de Zé Espinguela, "grande saxofonista e clarinetista".

— Ora... todo mundo sabe — doutrinou o compadre — que efó é comida de sal, quitute baiano à base de folhas de taioba, língua--de-vaca ou espinafre, maceradas e com camarão e dendê (o nome vem do iorubá *èfó*, verdura). E que Zé Espinguela, figura histórica do samba carioca, foi mesmo é alufá, pai de santo da linha muçurumim, festeiro e organizador dos primeiros concursos entre as escolas.

Aproveitando o embalo, relatei a ele o descalabro que ouvi num documentário sobre o Rio de Janeiro, exibido num desses canais de TV por assinatura. A certa altura do filme, o narrador dizia que o túnel Rebouças tinha esse nome em homenagem a um engenheiro que morreu num acidente durante as obras.

André Rebouças, por sua vez, na condição de uma das maiores autoridades brasileiras em engenharia hidráulica, foi o construtor das primeiras docas no Rio, Bahia, Pernambuco e Maranhão e o realizador do primeiro sistema de abastecimento de água do Rio de Janeiro.

O que, entretanto, mais se salienta na biografia desse gênio afro-brasileiro é ele ter somado sua experiência tecnológica à sua atuação de abolicionista, visionário e consequente. Bem-sucedido implantador de núcleos coloniais às margens dos rios Paraná e Uruguai, lutou ingloriamente pela divisão dos latifúndios após a Abolição, com distribuição de terras aos ex-escravos; pela substituição dos anacrônicos engenhos coloniais em unidades fabris, com escolas agrícolas e outros aprimoramentos.

Nascido numa família de músicos, André Rebouças foi também quem, com seus contatos e sua bolsa, mais alavancou a carreira do grande compositor Carlos Gomes, seu "irmão" na origem africana e amigo fraterno. E, apesar de tudo o que foi e fez, acabou-se em circunstâncias trágicas, amargando um exílio voluntário na África do Sul e depois na Ilha da Madeira, desencantado e triste.

— Certamente antevendo o descaso com sua memória, neste país *techno pop*, reino do *press release*, onde se confunde efó com doce e pai de santo com saxofonista! — arrebentou o compadre Pavão.

Rita Medero,
mulher da pesada

Política, corrupção, insegurança, criminalidade... então resolvemos, eu e o compadre, dar uma esfriada na cabeça na feira nordestina, comendo feijão-de-corda e ouvindo repentes.

De volta, satisfeitos o bucho e a alma, nos ocorreu que os desafios de cantadores que alegram os domingos de muitas feiras típicas espalhadas por várias capitais brasileiras não são privilégio dos barbados: neles, muitas mulheres também ficaram famosas.

Grandes cantadoras — ensinava o compadre — foram Maria Tebana, que um dia enfrentou o célebre Mané do Riachão com versos demolidores, Chica Barrosa e muitas outras. Mas nenhuma delas permaneceu mais na lembrança dos repentistas, mesmo sem ter deixado memória escrita de seus versos, como a legendária Rita Medero.

Cantar "à Rita Medero", até hoje, nos sertões nordestinos, notadamente na zona noroeste do Ceará, é cantar um batuque repinicado, saracoteado, com letra às vezes incongruente, mas numa levada alegre, saltitante, como, dizem, a Rita cantava:

Sá Rita Medero é mulher de chalaça
só não caso com ela devido à cachaça
ela pega queda de corpo
derruba touro de raça
pelo batido da pedra
eu pego pela fumaça
gosto de festa e batuque
sou caboclo de relaxo
e quem cuidá que eu sou fêmea
se engana porque eu sou macho...

Nos anos 1960, cheguei a ouvir, numa gravação comercial e com autoria explícita, uma cantiga (que, hoje sei, pertence à tradição da Rita Medero) na qual apenas o nome da cantadora era substituído. Era um batuque tão marcante que até hoje trago os versos, embora meio estropiados, na memória:

Dona Maria
me diz qual é melhor
Teresina, Piauí
ou então campo maior
Se me escapa do sibino
não me escapa do enxó
canto ao sereno da noite
cada vez canto melhor
Pai e mãe é muito bom
barriga cheia é melhor
estando com a minha cheia
estou com pai e mãe e vó
Parente tudo junto

meu zirimão ao redor
dois bicudos não se beijam
dois boca funda é pior
cacundo não se abraça por via do caracol

Conta a lenda que Rita Medero era boêmia, alcoólatra e chegada a uma pornografia. E, por isso, era muito requisitada para "reuniões patuscas". "Sá Rita Medero/ Sá Medera Rita/ ela toca, ela dança/ ela salta, ela grita/ ela bebe cachaça/ ela masca, ela pita/ faz o café na chaleira/ cozinha o arroz na marmita/ ela penteia o cabelo/ faz um cocó, bota fita/ quanto mais louvo a Medero/ mais ela fica bonita..." — diz um dos batuques feitos em sua homenagem.

Mulher de fibra, de questão, ancestral dos milhares de mulheres sem marido que hoje, em todo o Brasil, são obrigadas a "cantar de galo" para poderem sobreviver, essa Rita Medero (a quem fui apresentado pelo compadre Pavão, o qual, por sua vez, só a conheceu através dos livros do folclorista Leonardo Motta) deve ter morrido há muito tempo e virado uma dessas simpáticas Pombajiras que a gente conhece. E, como tal, deve andar por aí, por esses "Brasis" adentro, nos catimbós, nas macumbas, cantando e saracoteando seus batuques, bebendo muita cachaça... e glosando, em seus versos inspirados, todas essas coisas desagradáveis que andam acontecendo por aqui: índios incendiados, sambas chatos, neo-liberalismos, privatizações...

Um mestre afro-barroco

Compadre Pavão, carioca da gema e fanático torcedor do Império Serrano — escola de samba muitas vezes campeã — me mostra, orgulhoso, uma bela crônica de Zuenir Ventura sobre o morro da Serrinha, berço imperiano, agora "de roupa nova" com as obras do projeto Favela-Bairro.

O morro, localizado entre a pujança comercial de Madureira e a importância histórica da antiga freguesia de Irajá, integra aquele interessante complexo cultural erigido na cidade do Rio de Janeiro pelos negros vindos do Vale do Paraíba logo após a Abolição. Complexo esse que gerou a umbanda, o jongo, o samba e tantas coisas que os que moram do outro lado da "cidade partida" nem suspeitam existir.

O belo texto "zueniriano" fala de Mano Décio, Mestre Fuleiro, Silas de Oliveira e outros bambas. E aí eu e compadre Pavão nos lembramos de Aniceto do Império.

* * *

Aniceto Menezes e Silva Júnior (nome pomposo como seu dono), falecido aos 80 anos em 1993, pobre, cego e abandonado, num último ato já rotineiro neste triste país, era um repositório do saber tradicional afro-brasileiro, do mesmo porte da saudosa Clementina de Jesus. Notabilizado como um dos maiores repentistas do samba, daqueles de ficar "versando" uma, duas horas sem parar, nos anos 1980, numa noite memorável, Aniceto, diante do inesquecível Geraldo Babão, outra figura mitológica do samba carioca, foi protagonista de um duelo de gigantes: a partir de um mote-refrão dado por alguém, os dois ficaram "tirando" versos de improviso durante uma hora e quarenta minutos, para delícia de uma enorme plateia.

Mas o sambista Aniceto foi também um líder. Certa vez, no porto do Rio de Janeiro, comandou uma greve vitoriosa, que depois de parar metade do cais, conseguiu um aumento de 400% para a categoria dos arrumadores de carga.

"No ano de 1944", contou ele, um dia, num depoimento prestado a Haroldo Costa e publicado pela editora Record na antologia *Fala, crioulo*, "paralisei do armazém 11 ao 18, para chamar a atenção da superintendência para a insignificância que nós ganhávamos. Eram vinténs, tostões, por saco carregado, um verdadeiro desrespeito à condição humana e trabalhista. Estávamos em pleno Estado Novo, em período de guerra, a famosa Polícia Especial, com seu gorro vermelho, cassetete de borracha e 45 de lado, rondando os guindastes, mas nada disso nos atemorizou. O presidente do sindicato, nessa ocasião, era o Elói Antero Dias, o Mano Elói, um dos fundadores do Império Serrano. [...] Eu assumi diante do presidente do sindicato e do representante do Ministério do Trabalho, que foi enviado para dirimir a questão, a liderança do movimento. Fiz uma tabela de aumentos e levei à discussão. Por comodidade, diria mesmo subserviência, a direção do sindicato quis compor com a Superintendência do Cais do Porto e com o Ministério do Trabalho, alijando-me da mesa das negociações. Mas juntamente com outro arrumador, o José Mariano, conseguimos impor e fazer vitoriosa uma série de reivindicações que beneficiam a classe até hoje".

Era assim o velho Aniceto. Altivo, altaneiro, vaidoso, orgulhoso, porque consciente de sua força. Pois era essa altivez que o fazia falar "difícil", com aquele jeito afro-barroco, assim mesmo como foi transcrito.

Um dia nós fomos ouvi-lo no Museu da Imagem e do Som. Lá pelas tantas, alguém, de picardia, perguntou se ele, autor também de uma volumosa obra poética escrita, se considerava mais um literato que um compositor.

— A modéstia impede-me de responder-vos! — mandou o mestre, de bate-pronto.

Era demais seu Aniceto!

Pretinho e a inclusão pelo samba

Numa dessas viagens artísticas que a gente faz de vez em quando, o Pretinho mostra o passaporte e se queixa do problema. É que, com menos de um ano, o documento já não tem mais lugar pra nenhum carimbo. E seu titular vai ter que viajar de novo, pra muito longe.

— Só na semana passada, em menos de sete dias, estive em três continentes. Dos Estados Unidos fui pra França e da França fui pra Angola! — lamenta.

E tudo isso me vem à cabeça, agora que estou ouvindo o CD do músico e ator Seu Jorge, que ganhamos de aniversário. Nele, Pretinho faz direção artística; toca, muito bem, cavaquinho e percussão; e assina a coautoria de cinco faixas.

Aí, porque a hora é agora, rola (graças ao milagre da internet) o minidepoimento há muito prometido. Diz aí, cidadão imperiano Ângelo Vitor Simplício da Silva, cognominado Pretinho da Serrinha!

— Bem... Eu nasci no dia 30 de agosto de 1978, na maternidade Carmela Dutra, na Boca do Mato, e de lá fui direto pra Madureira, pro

Morro da Serrinha. O lance da música rolou porque desde pequenininho eu ficava secando os ritmistas do Pena Vermelha, um bloco que tinha lá, e que hoje se chama Prazer da Serrinha. Vermelho, no reduto do Império, pegava mal, né? Minha mãe, Maria de Fátima Simplício, foi porta--bandeira do Pena e tocava agogô na bateria do Império Serrano. Meu primeiro instrumento foi um repique e foi minha mãe que me deu. Os caras não me deixavam tocar por que eu era muito pequeno, 9 anos, por aí. Mas um dia, num desfile do Pena, o Birita, que era o bambambá do repique, encheu a cara e ficou caído na rua. E como eu estava ali, cercando a entrega das fantasias, não teve jeito: me deram a roupa do Birita. Isso já era tipo quatro horas da tarde; e o desfile era à noite. Mas minha tia, rapidinho, cortou a calça, dobrou o blusão pra dentro, costurou... E, na hora agá, lá estava eu desfilando na 28 de Setembro, como primeiro repique. No ano seguinte, fui chamado pra fazer um teste no Império do Futuro. Era pra uma viagem com uma companhia de dança, e eu passei. Quando voltei da viagem, eu já era o diretor de bateria. E nesse mesmo ano, o Tião Fuleiro, meu padrasto, me levou também pra comandar a bateria mirim, dentro da bateria do Império Serrano. Mas isso só durou um ano, porque logo juntou tudo.

Pretinho conta mais:

— Com 11 anos de idade, meu pai, Sebastião Pereira da Silva, o Neguinho da Serra, estivador do Cais do Porto, salgueirense, cria do morro do Turano, me levava pra tocar com ele no Botequim do Império, roda de samba que rolava todo sábado à tarde. Lá, eu acompanhei vários artistas da época, como Jovelina Pérola Negra, Dominguinhos do Estácio, Agepê e mais um monte. Tinha também um grupo de samba na Serrinha, chamado Me Engana que Eu Gosto. Engraçado é que eu nunca participei de grupo de moleques: eu estava sempre com a galera mais velha. Na Serrinha, o samba era domingo, na hora da feira. Eu acordava, escutava o samba, descia correndo e só voltava à noite. O tempo passou e, depois de tocar com alguns grupos (toquei também com Darci do Jongo, cheguei até a viajar pra Itália com ele), o Dudu Nobre me pediu pra formar uma banda. Formei, e fiquei com ele uns seis anos. Nesse mesmo período, comecei a tocar também com o grupo Dobrando a Esquina. E assim conheci os sambistas de verdade, como Délcio Carvalho, seu Nelson Sargento, Wilson Moreira, dona Ivone Lara, seu Monarco e outros. Aí, pintou o Marcelo D-2, depois o Seu Jorge... E assim vou sustentando minha família. Não posso esquecer que aprendi muita coisa com o Careca e o Priminho, no Império do Futuro! Mas o que foi mesmo definitivo foi que estudei teoria no Instituto Villa-Lobos. Primeiro pagando, com o dinheirinho dos meus cachês. Depois consegui uma bolsa no Conservatório Brasileiro, com a dona Cecília Conde.

O cidadão Ângelo Vitor Simplício da Silva — nome que consta no passaporte, sempre renovado, de meu amigo Pretinho da Serrinha, agora acumulando ainda mais "milhas" em sua fulgurante trajetória artística — é uma prova de que o samba também é veículo de cidadania.

Cartola e o "menino do Méier"

Não, eu não fui amigo do grande Cartola, como muita gente pensa. Quando ele nos deixou, em 1980, eu já tinha uns oito anos de carreira profissional, mas ele nem sabia meu nome. A ponto de, após uma homenagem que lhe prestamos no Clube do Samba, do presidente João Nogueira, no final dos anos 1970, ele — segundo dona Zica — se referir a mim e ao parceiro Wilson como "aqueles meninos do Méier".

Infelizmente não fui amigo do Cartola — como repeti algumas vezes em 2008, quando solicitado a dar entrevistas por conta do centenário do grande artista. Mas sempre nutri por ele grande admiração, o que me levou a conhecer algumas passagens de sua trajetória, como as que agora passo a relatar.

Um dos casos é que numa noite, em 1935, o musicólogo e compositor erudito Brasílio Itiberê visitou a Mangueira. E foi recebido na ponte por um grupo de ritmistas e pastoras da Estação Primeira, porque a Unidos já agonizava.

Feitas as apresentações, a comitiva subiu em cortejo. E, como era de praxe, ao som do coro e da bateria, tendo à frente o baliza e a porta-estandarte e sob o comando do apito do mestre de harmonia.

Profundamente impressionado por essa visita, Itiberê fez sobre ela um relato minucioso no qual fala de seu encantamento com um samba em especial: *Tragédia*.

"Prestai bem atenção que este é um samba do Cartola!" — escreveu. "Não ouvireis tão cedo um canto assim tão puro, nem linha melódica tão larga e ondulante. Atentai como é bela, e como oscila e boia, sem pousar, entre a marcação dos 'surdos' e a trama cerrada dos tamborins" — desmanchou-se Itiberê, num texto reproduzido em seu livro *Mangueira, Montmartre e outras favelas* (Livraria São José, 1970).

Esse Cartola, cuja musicalidade a todos fascinava, já estava desde 1920 em Mangueira, então uma favela incipiente. Morrera o avô, sustentáculo da família, e a vida teve de mudar. Mas a semente de uma instrução pública rigorosa, como era a daqueles tempos, semeada em terreno fértil, frutificou. E como! Era 1935. E o compositor já tinha alguns belos sambas gravados com Francisco Alves, Carmen Miranda e Silvio Caldas. Só que, de repente, "tudo acabado, o baile encerrado" — como diz um de seus sambas.

É que em 1928, por força de lei, os compositores musicais foram equiparados, em termos de direitos autorais, aos autores de teatro. Abria-se, então, um novo campo profissional, num setor ainda inexplorado. E a turma da música teve que se abrigar sob as asas da Sociedade Brasileira de Autores Teatrais, a SBAT, que, por seu perfil aristocrático, não os viu com bons olhos.

Logo, logo instaura-se o conflito: de um lado, a SBAT; do outro, compositores populares. Sim, populares (alunos, à distância, dos fundadores do samba), mas de paletó e gravata e até "anel no dedo". Os quais

— assim o dizem — com dinheiro vindo de fora, organizam-se em associação, para protagonizar os primeiros momentos da história dos direitos autorais musicais no Brasil. Enquanto isso, de longe, na calçada, do outro lado da rua, olhando o burburinho do Café Nice, os pretinhos do samba não entendiam bem o que se passava.

Frustrados em sua expectativa de ascensão social através de sua arte, os sambistas continuaram em seus biscates e "virações", ocasionalmente de cunho artístico. E Cartola, mesmo admirado por Villa-Lobos e elogiado por Stokowsky, não foi exceção.

Por outro lado, em 1945, as rixentas sociedades autorais celebram um armistício. No acordo, a SBAT fica com os direitos de teatro, que até hoje ainda são chamados "grandes direitos", e os compositores "populares" ficam com os "pequenos". E é assim que o pessoal do Estácio, do Salgueiro, da Mangueira, de Oswaldo Cruz vai mesmo saindo de cena. E Cartola, pobre e doente, vai junto, no mesmo momento em que se consagra a categorização "samba de morro", distinta dos sambas feitos pelos compositores efetivamente "do rádio".

Mas o destino, sábio, fez com que as escolas de samba crescessem em importância, e, com elas, Cartola se consolidasse como mito. Mesmo tendo, em 1951, passado o bastão da harmonia mangueirense ao ex-portelense Xangô. E até porque a "harmonia", no sentido técnico de conjunto de regras da tonalidade, ou de sons relacionados, já não cabia nas escolas, as quais, já aí, sustentavam-se apenas na percussão.

Nos anos 1950 e 1960 Cartola, que muitos julgavam morto, veio vindo de novo à superfície. Primeiro, escorado aqui e ali, com um emprego subalterno em um Ministério, conseguido por um político amigo; e com a abertura do Zicartola, também com capital de amigos. Depois, com as gravações de *O sol nascerá* por Elis Regina, em 1964, e *Alvorada* por Clara Nunes, em 1972. E sempre com o indispensável companheirismo de dona Zica, mulher pra toda obra... Até que veio o êxito.

Entre 1974 e 1979, com *As rosas não falam*, *O mundo é um moinho* e *Peito vazio*, entre outras composições, com ou sem parceiros, Cartola, com dois LPs gravados por sua própria voz, chegou onde sempre deveria estar. Mas a "indesejada" logo cobrou seu tributo. E a 30 de novembro de 1980 o levou.

Não! Eu nunca morei no Méier nem conheci de perto o grande mestre Cartola, mas como seu admirador elevei um brinde à sua memória no seu centenário. E elevo outro hoje, ao reescrever este texto — eu, o "menino" já setentão, em pleno "inverno do meu tempo".

Monteiro Lopes, uma memória a resgatar

Por alguma razão bem lá no fundo, de repente, nos vem à memória uma conversa com nosso saudoso pai. Foi num dia em que, esperando o trem na plataforma da estação de Madureira, vimos passar pelos trilhos um guindaste enorme, preto, poderoso, rebocador de vagões, e o velho, ajeitando o laço da impecável gravata-borboleta, ensinou:

— Sabe como é o nome desse guindaste? Não? É... "Monteiro Lopes".

Não! O nome não era homenagem ao inventor, coisa nenhuma. Era apenas mais uma expressão do racismo brasileiro fantasiado de humor carioca. Observem!

Manuel da Mota Monteiro Lopes foi um parlamentar, nascido provavelmente em Recife, Pernambuco, em 1870, e falecido na cidade do Rio de Janeiro, em 1916. Eleito deputado federal pelo Rio para a 28ª legislatura (1909-1912), depois de ter cumprido mandato no Conselho Municipal da capital da República, destacou-se pela visão social do trabalho, defendendo a criação de uma legislação trabalhista para o Brasil. Dando especial atenção aos marinheiros e aos servidores públicos subalternos, votou favoravelmente à anistia para os envolvidos na Revolta da Chibata, demonstrando em sua fala, segundo observadores da época, um considerável conhecimento de História e de Teoria do Direito.

Figura bastante popular na vida carioca do princípio do século XX, é descrito por Luiz Edmundo como "líder da raça negra, suando reivindicações, a falar, sempre, muito alto, a gesticular como se estivesse discursando...".*

Em um episódio narrado pelo mesmo Edmundo, teria sido, na gestão do prefeito Pereira Passos, impedido, por racismo, de entrar com sua "senhora" no luxuoso Pavilhão de Regatas, um bar ou restaurante recém-inaugurado em Botafogo. Presenciando a afronta, Maria de Bragança e Melo, famosa frequentadora da boemia literária da cidade, teria rumado, com rapidez, para o Cais do Porto, de onde teria voltado com cerca de trinta estivadores negros que promoveram uma espécie de ocupação do estabelecimento, sem que ninguém esboçasse um só gesto de protesto. Tal passagem, na qual Edmundo não se refere à participação direta do injuriado, talvez sirva para exemplificar o grau de consideração de que Monteiro Lopes gozava entre as massas trabalhadoras.

Outro episódio teria sido o da recusa do Parlamento em lhe dar posse, em 1909, alegando motivos que ignoramos. Neste caso, protestos teriam ocorrido em várias partes do Brasil; e, em Pelotas, RS, a discriminação efetivamente levou à criação da entidade de defesa denominada Centro Etiópico [negro] Monteiro Lopes.

---

* EDMUNDO, Luiz. *O Rio de Janeiro do meu tempo*. Rio de Janeiro: Xenon, 1987. p. 197.

Hoje, os incrivelmente bem organizados arquivos da Câmara Federal, acessíveis via internet, guardam, nos anais das sessões, vários discursos desse negro gigantesco, cuja memória está aí para ser resgatada, içada e rebocada pelos guindastes do movimento negro (ah, esse humor carioca que não nos deixa em paz!).

Pelo telefone, pela internet...

Em 1917, Ernesto dos Santos, o Donga, entrava para a história da cultura brasileira quando, declarando autoralmente como samba a obra *Pelo telefone*, tirava essa expressão ancestral do escaninho do *folk* para conferir-lhe o estatuto de criação literomusical juridicamente protegida.

Nascido no ano seguinte à abolição dos escravos, sob forte influência da Pequena África carioca, ele foi, à sua maneira, um dos esteios da cultura do samba, já que transitava com desenvoltura tanto entre os baianos da Praça Onze quanto entre os paulistas e mineiros (e depois gaúchos!) do Catete e do Monroe, então centros do poder político no antigo Distrito Federal.

Donga, assim como lá no distante subúrbio o legendário Paulo da Portela, na década de 1930, também recusava o gueto. E se em seu tempo o termo "periferia" já tivesse a acepção sociológica pela qual foi modernamente vulgarizado, certamente teria rejeitado essa significação e esse conceito. Pois sua ação cultural foi sempre no sentido de levar a cultura do samba e do choro para o epicentro, para o rádio, para o disco, para a boa produção e o bom consumo, enfim. Mas faleceu em 1974.

Eis então que quase meio século depois de Donga as elites dirigentes brasileiras parecem ter elegido a "periferia" como lócus privilegiado. Em vez de trazerem as expressões do gueto para o centro do processo cultural, elas preferem vê-las talvez do modo como a Europa viu, na virada para o século XX, como "exposições etnológicas" ou "aldeias negras" protagonizadas por seus colonizados. Via-os, mas de fora, através de grades ou de cercados, admirando suas feições exóticas e suas habilidades típicas. Sem os perigos do contato, da mistura e, principalmente, da concorrência.

A nosso ver, foi mais ou menos assim que ocorreu, há uns três ou quatro anos, o tombamento do samba como bem do patrimônio artístico e histórico nacional. A pretexto do cumprimento de uma disposição constitucional, tombou-se a forma de expressão chamada samba como um bem imaterial portador "de referência à identidade, à ação, à memória" de um determinado grupo formador da sociedade brasileira (art. 216 da Constituição). A partir daí, recomendou-se a criação de um Plano de Salvaguarda para incentivar, apoiar e promover ações de valorização das formas originais do samba. E é aqui que voltamos a um ponto crucial de nossas argumentações.

As elites brasileiras, quando pensam em samba, parecem não ver além do Recôncavo baiano e do Sambódromo carioca. Esquecem, ou talvez nem imaginem, que peças do repertório histórico da música brasileira, como *Pelo telefone, Aquarela do Brasil, Garota de Ipanema,* já não são patrimônio do povo brasileiro há muito tempo. Assim, qualquer um de nós que deseje gravar ou utilizar um desses clássicos do samba terá de pedir licença, humildemente, ao grupo editorial, invariavelmente estrangeiro ou transnacional, detentor dos direitos sobre eles.

A esse tipo de drenagem de direitos para corporações multinacionais — legítima, entretanto prejudicial — vem juntar-se agora a ação dos grupos atuantes no ramo da telecomunicação no Brasil. Jogando o jogo pesado (legal, mas injusto) do capitalismo, eles vêm, salvo melhor juízo, procurando dominar o rico filão da música agora disponibilizada via internet, telefones móveis, TVs fechadas etc.

Vivo fosse neste momento, Donga, o autor do *Pelo telefone*, com aquela sua voz abaritonada e as baixarias (não confundir com "baixezas") de seu violão-bolacha, certamente estaria dando uma cutucada nos atuais "chefes da folia". Para que não se preocupassem tanto com a "modernização" da Lei de Direito Autoral, em pontos que interessam mais aos que comercializam a música (via satélite, via cabo, via internet... pelo telefone) do que aos autores. E procurassem, aí sim, meios de, em nome da Cultura, obstruir a linha da expropriação crescente do nosso patrimônio musical, inclusive no quesito samba — esse bem tombado, em todos os sentidos.

Datas e locais de publicação dos textos deste volume

A maior parte dos textos selecionados para este volume foi originalmente publicada no blog de Nei Lopes, *Meu lote*, www.neilopes.com.br Algumas histórias saíram do livro *171, Lapa-Irajá: casos e enredos do samba* (Edições Folha Seca, 1999), como "A volta do Velho", "Água de cuíca", "Centro Recreativo Amantes da Arte", "Com o banjo, sem capa", "Ê, barca, me leva pra Paquetá!" e "Sambalelê e Pai Francisco"; parte de "Noite fria de junho" foi originalmente publicada em *Guimbaustrilho e outros mistérios suburbanos* (Dantes, 2001). "Quanto dói uma saudade" foi escrito para o jornal *Direitos Já*, da Associação de Músicos, Arranjadores e Regentes da Sociedade Musical Brasileira. Com o título de "O grande presidente", o texto "Rio de Janeiro, 1954" foi publicado na Ilustríssima, da *Folha de S.Paulo*, em 22 de agosto de 2010.

Para esta edição, pensando nos jovens leitores de nossas escolas, o autor fez diversas alterações em todos os textos originais.

Conheça mais sobre nossos livros e autores no site
www.objetiva.com.br

Disque-Objetiva: (21) 2233-1388

Impressão e Acabamento: